FEDERAL PLEA AGREEMENTS

A Soul to Keep

daniel storm

Books by: daniel storm

Reaper's Gate

Jury Duty

Praetorian Guard

Surviving the Alphabet Soup

The Apostle

Mantis

The Prey

Not Afraid to Kill, Not Afraid to Die

Masters of the Race

Watch for these titles in Spanish*

FEDERAL PLEA AGREEMENTS in Spanish

BY

daniel storm

Copyright 2014

William J. Pulkinen & Associates
705 ladera soleada Road
Elm Grove, Wisconsin 53122
    Pulkinen@Wi.RR.com

Este libro es una obra de la creatividad, la observación, investigación y experiencia. Si los nombres, eventos y personajes tienen alguna semejanza o similitudes con personas reales, nombres, lugares o eventos en esta historia, es pura coincidencia, o el conocimiento personal del autor.

ISBN # 9780989974455

DECLARACIÓN FEDERAL
DECLARACIÓN FEDERAL
ACUERDOS

Prefacio

Como autor, crear libros tanto, informativos y entretenidos para el público en general. A menudo me preguntan donde se originaron las ideas o hacer recoger mis novelas de mis experiencias con el sistema de justicia. Este libro es un poco diferente y me siento obligado a explicar a todos ustedes, la génesis de esta guía de viaje a un destino temible para cualquiera, junto con la motivación.

Dedico este libro a un hombre que ha enseñado derecho penal durante casi cuatro décadas y cuando comencé mi carrera, mi mentor y consejero espiritual para todas las cosas legales. **Walter Wolf Stern III**, nunca se vio como mi mentor, pero era más mi amigo y compañero en una práctica en el sureste, Wisconsin. He aprendido que ejercer la abogacía trajo una variedad de temas y cuentos a sus oficinas cada día. De morir de problemas nunca había oído de aquellos, para el elemento criminal a veces, era desagradable y aún derecho a una representación de calidad.

Walter, si estás leyendo esto, entonces usted sabe que eras más que un socio y no puedo agradecerlo suficiente por la educación que me diste, luz años más allá de que me encontré con estudia derecho. Me has enseñado los aspectos morales y éticos para un sistema legal que está en sus últimos años, me temo. Tendremos esos recuerdos hasta que las luces se apaguen.

Gracias y espero que no te he decepcionado aquí.

 # Shalom Walter!

1 Introducción

Ya está bueno que más penales en el sistema federal, como resultado en los acuerdos de la declaración. Estos son considerados "contratos", entre los Estados Unidos y el acusado y se rigen bajo principios de contrato. Las trampas para estos contratos, a veces se denomina "Tratar con el diablo", requieren de un laico guía a los complicados y a menudo frustrante proceso que provoca su confinamiento en un mecanismo llamado, el Buró Federal de prisiones.

Lea cuidadosamente, preguntas de su abogado y en caso de duda, haga el juez <u>antes de</u> usted se declara culpable. **Podría costarle su alma!**

Ley general 2 de los acuerdos de la declaración

Un acusado que está considerando que una súplica generalmente se preocupa por lo que él o ella se declarará culpable a y qué sanciones se evaluará. Aunque la forma de la súplica es controlada por muchos factores de hecho específicas relacionados con el delito y el acusado, hay algunos principios generales de derecho y política que impactan en (1) el fiscal s inicial decisión de carga, (2) la cantidad de discrecionalidad disponible para la negociación (3) la intervención de la corte en el proceso de negociación y capacidad para hacer cumplir el acuerdo una vez que se introduce en (4) el acusado. Estos asuntos son objeto de esta sección. Ramificaciones específicas de los diversos tipos de súplica gangas disponibles en un tribunal federal están cubiertas en la sección 3.

Súplica gangas son controladas o influenciadas por diversas fuentes del derecho. Los practicantes del Tribunal Federal están familiarizados con la regla 11 del Federal normas de procedimiento penal (FRCrP), que, junto con las interpretaciones jurisprudenciales, expone gran parte de la ley básica de negociación de la declaración. Ciertas porciones de las directrices federales de sentencia (USSG o directrices) en particular §1B1.2-4 conducta relevante y §6B1 en los acuerdos de la declaración también tienen un fuerte efecto en súplica gangas. Probablemente la menos conocida fuente de información es el Manual del Departamento de Justicia (DOJ). La mayoría de las políticas del Departamento de justicia tratadas en este artículo figuran en el título 9, capítulo 27 del Departamento de Justicia Criminal Resource Manual en 9-27.001 et seq Ellos se referirán a adjunto por sus números de sección. La mayoría de las disposiciones de los distintos Bluesheets DOJ y otros memorandos contempladas en el presente documento se han compilado en ese capítulo. Copias de las partes pertinentes del Manual del Departamento de justicia deben ser incluidos como un anexo a este artículo. Si no lo son, deberían disponibles en las bibliotecas del tribunal local y en las oficinas del defensor federal local.

Reglas federales de Procedimiento Criminal-regla 11--las súplicas
(a) entrando en una declaración.

(1) *en General.* Un acusado puede declararse no culpable, culpable o (con el consentimiento de la corte) nolo contendere.

(2) *declaración condicional.* Con el consentimiento de la corte y el gobierno, un acusado puede entrar un condicional de culpable o nolo contendere, reservando por escrito el derecho a tener una corte de Apelaciones revisar una determinación adversa de un movimiento especificado antes del juicio. Un acusado que prevalece en la apelación entonces puede retirar la declaración.

(3) *nolo Contendere súplica.* Antes de aceptar un alegato de nolo contendere, el Tribunal debe considerar opiniones de las partes y el interés público en la eficaz administración de justicia.

(4) *falta de declararse.* Si el acusado se niega a declararse o una organización acusado no comparece, el Tribunal debe presentar una declaración de no culpabilidad.

(b) Considerando y aceptando un culpable o Nolo Contendere súplica.

(1) *asesoramiento y cuestionando al acusado.* Antes de que la corte acepta una súplica de culpable o nolo contendere, el acusado puede colocarse bajo juramento, y la corte debe abordar al acusado personalmente en el tribunal. En esta dirección, la corte debe informar al acusado de y determinar que el acusado comprende, los siguientes:

(A) el gobierno tiene razón, en un juicio por perjurio o falso testimonio, utilizar contra el acusado cualquier instrucción que el acusado le da bajo juramento;

(B) el derecho a declararse no culpable, o tener ya declaró, a persistir en esa súplica;

(C) el derecho a un juicio por jurado;

(D) el derecho a ser representado por un abogado, y si fuera necesario tener el Tribunal nombrar abogado — en juicio y en todas las otras etapas del procedimiento;

(E) el derecho a juicio para enfrentar y contrainterrogar a los testigos adversos, de protegerse uno mismo-incrimination obligado, para testificar y presentar pruebas y para obligar a la comparecencia de testigos;

(F) renuncia del acusado de estos derechos a un juicio si el Tribunal acepta una súplica de culpable o nolo contendere;

(G) la naturaleza de cada cargo a que el acusado se declara;

(H) cualquier pena máxima posible, incluyendo prisión, multa y el plazo de liberación supervisada;

(I) cualquier pena mínima obligatoria;

(J) cualquier multa aplicable;

(K) autoridad del Tribunal a la restitución del orden;

(L) obligación de la corte para imponer un gravamen especial;

(M) en la determinación de una oración, obligación de la corte para calcular el rango de sentencia-pauta aplicable y considerar esa gama de posibles salidas bajo los lineamientos de la sentencia y otros factores sentencia bajo 18 U.S.C. §3553(a) ;

(N) los términos de cualquier disposición del acuerdo renuncia el derecho de apelar o colateralmente atacar la sentencia; y

(O) que, si es condenado, puede quitarse un acusado que no es ciudadano de los Estados Unidos de los Estados Unidos, negó la ciudadanía y negó la admisión a los Estados Unidos en el futuro.

(2) *asegurar que una súplica es voluntaria.* Antes de aceptar una súplica de culpable o nolo contendere, el Tribunal debe dirección al acusado personalmente en el juicio y determinar que la declaración es voluntaria y no fue consecuencia de la fuerza, amenazas o promesas (excepto de promesas en un acuerdo de culpabilidad).

(3) *determinar la base fáctica de una súplica.* Antes de entrar en juicio sobre una declaración de culpabilidad, el Tribunal debe determinar que existe una base fáctica para el alegato.

(c) declaración procedimiento de acuerdo.

(1) *en General.* Un abogado para que el gobierno y abogado de la acusada o el acusado cuando proceder se pro, puede discutir y llegar a un acuerdo. El Tribunal no debe participar en estas discusiones. Si el acusado se declara culpable o nolo contendere a una ofensa cargada o menor o delito relacionado, el acuerdo puede especificar que un abogado para que el gobierno será:

(A) no trae, o se trasladará a despedir, otros cargos;

B recomendar, o no para oponerse a la petición del acusado, que una frase determinada o un rango de sentencia es apropiada o que una disposición particular de las pautas de sentencia, declaración política o factor de sentencia hace o no se aplica de acuerdo (tal recomendación o petición no vinculan a la corte); o

(C) de acuerdo en que una sentencia específica o un rango de sentencia es la disposición adecuada del caso, o que una disposición particular de las pautas de sentencia, declaración política o factor de sentencia hace o no se aplica (tal recomendación o petición se une al Tribunal una vez que el Tribunal acepta el acuerdo de culpabilidad).

(2) *revelar un Convenio declaratorio.* Las partes deben revelar el acuerdo de culpabilidad en la corte cuando la petición es ofrecida, a menos que el Tribunal por buena causa permite que las partes a divulgar el acuerdo en la cámara.

(3) *consideración judicial de un Convenio declaratorio.*

(A) en la medida en que el acuerdo es del tipo especificado en la regla 11(c)(1)(A) o (C), el tribunal puede aceptar el acuerdo, rechazarlo o aplazar una decisión hasta que el Tribunal ha examinado el informe redactará.

(B) en la medida en que el acuerdo es del tipo especificado en la regla 11(c)(1)(B), la corte debe avisar al acusado que el acusado no tiene derecho a retirar la declaración si el Tribunal no siguió la recomendación o la solicitud.

(4) *aceptar un Convenio declaratorio.* Si la corte acepta el acuerdo de culpabilidad, informará de ello al acusado que en la medida que el acuerdo es del tipo especificado en la regla 11(c)(1)(A) o (C), se incluirá la disposición acordada en el juicio.

(5) *rechazar un Convenio declaratorio.* Si la rechaza Tribunal un acuerdo que contiene disposiciones del tipo especificado en la regla 11(c)(1)(A) o

(C), el Tribunal debe hacer lo siguiente en el registro y en audiencia pública (o por buena causa, en la cámara):

(A) informar a las partes que la corte rechaza el acuerdo de culpabilidad;

(B) asesorar al acusado personalmente que el Tribunal no está obligado a seguir el acuerdo de culpabilidad y dará al acusado la oportunidad de retirar la declaración; y

C asesorar al acusado personalmente que si no se retira la petición, el tribunal puede disponer del caso menos favorable hacia el acusado que contempla el acuerdo.

(d) retirando un culpable o Nolo Contendere súplica. El acusado podrá retirar una súplica de culpable o nolo contendere:

(1) antes de que el Tribunal acepta la petición, por cualquier motivo o sin motivo; o

(2) después de que el Tribunal acepta la petición, pero antes de que se impone sentencia si:

(A) la corte rechaza un acuerdo bajo 11(c)(5); o

(B) el acusado puede mostrar una razón justa y equitativa para solicitar el retiro.

(e) finalidad de un culpable o Nolo Contendere súplica. Después de que el Tribunal impone sentencia, el acusado no puede retirar una súplica de culpable o nolo contendere, y el acuerdo puede anularse solamente en apelación directa o ataque colateral.

(f) admisibilidad o inadmisibilidad de una petición, súplica discusiones y Estados relacionados. La admisibilidad o inadmisibilidad de una petición, una discusión de súplica y cualquier relacionados con la declaración se rige por reglas federales de evidencia 410 .

(g) el proceso de grabación. El procedimiento durante el cual el acusado declara debe ser registrado por un reportero de la corte o por un dispositivo de grabación adecuado. Si hay una declaración de culpabilidad o de un alegato de nolo contendere, el expediente debe incluir las investigaciones y asesoramiento al acusado requerido bajo la regla 11) y (c) .

(h) Error inofensivo. Una variación de los requisitos de esta regla es error inofensivo si no afecta los derechos sustanciales.

2,1 reglas federales de procedimiento penal la regla 11

Las ***Reglas federales de procedimiento a penal***, en lo sucesivo como FRCrP, se establecen las reglas básicas para la súplica toda negociación en un tribunal federal. Gran parte de la jurisprudencia respecto a cómo se maneja la audiencia de declaración y los efectos de varias súplicas se basan en la interpretación de la regla 11. Debe ser la primera fuente consultada sobre cualquier cuestión de súplica. Las siguientes son algunas notables disposiciones de las normas. Las citaciones a las normas en esta sección son la FRCrP a menos que se indique lo contrario.

2.1.1 tipos de peticiones permitidas bajo las reglas

Regla 11 describe los tipos de peticiones permitidas en el FRCrP como no culpable, culpables y *nolo contendere*. Además, un acusado puede declararse condicional bajo **regla 11(a)(2)** con el consentimiento de la corte y el gobierno para preservar un problema para la apelación. Si el acusado prevalece, podrá retirar el alegato sobre la prisión preventiva.

2.1.2 asesoramiento al acusado

Regla 11 explica en detalle los procedimientos que deben ocurrir para que una declaración de culpabilidad sea válida. Abajo hay una lista de verificación que puede utilizarse para determinar si todas las bases fueron cubiertas en un caso particular. Observe, sin embargo, que **regla h** proporciona específicamente que la varianza del procedimiento descrito es error inofensivo si no afecta los derechos sustanciales.

LISTA DE VERIFICACIÓN DE CLIENTE

Declaración ante el magistrado

Un acusado debe renunciar el derecho a proceder ante juez de distrito

Regla 7 (renuncia de acusación)

Tribunal debe aconsejar a acusado de la naturaleza de los cargos

Tribunal debe aconsejar acusado de jurado (16-23 miembros del jurado, 12 deben acordar)

REGLA 11(b)(1) (Consejo al acusado)

(1) acusado debe colocarse bajo juramento

(1) debe abordarse personalmente acusado en una corte abierta

A - el gobierno puede utilizar declaraciones en perjurio o falso testimonio cargos

B - acusado puede declararse no culpable o persistir en declararse culpable

C - derecho a juicio por jurado (***Boykin v. Alabama***)

D - derecho a un abogado en un juicio y todas las otras etapas

D - corte nombrará a abogado si es necesario o requerido por el acusado

E - derecho a confrontar y contrainterrogar a los testigos adversos (***Boykin***

E - derecho a permanecer callado (***Boykin***)

E - derecho a testificar

E - derecho a citar a los testigos

F - súplica de culpable o nolo renuncia a juicio, no hay juicio ocurrirá

G - naturaleza de la carga

H - máxima pena posible: prisión, multa, supervisión, restitución etc..

I - mínimo obligatorio (si corresponde)

J - cualquier multa aplicable

K - tribunal puede ordenar la restitución

L - tribunal debe imponer gravamen especial

M - Tribunal exige que consideren las pautas aplicables

M - corte puede apartarse de las directrices

N - términos de cualquier renuncia de apelación o ataque colateral

Regla 11(b)(2) (declaración voluntaria)

Corte debe abordar a acusado personalmente en el Tribunal (***Coloquio***)

Tribunal debe determinar si la declaración es voluntaria

No es el resultado de la fuerza o amenazas

No es el resultado de las promesas que en acuerdo

Regla 11(b)(3) (base fáctica)

Tribunal debe determinar que hay una base fáctica para el alegato

Regla 11 (acuerdo)

(1) el Tribunal no podrá participar en las negociaciones de la declaración

(2) las partes deben revelar alegato en el juicio a menos que el Tribunal permita lo contrario

(3)(B) si la recomendación, debe avisar que acusado no puede retirar la declaración una vez aceptado

Regla 11(g) (grabación)

Los procedimientos deben ser registrados por el método adecuado, grabación de audio taquígrafo

Regla 11(a)(3) (alegato de nolo contendere)

El Tribunal debe considerar las partes vistas y el interés público en la eficaz administración de justicia

2.1.3 tipos de acuerdos súplica permitidos bajo las reglas de

Regla 11(c)(1) describe los tipos de peticiones permitidas en el FRCrP y proporciona que el gobierno puede:

(A) se compromete a no deben traer o descalificar, otros cargos a cambio de una súplica,

(B) hacer una recomendación a la corte, o compromete a no oponerse a una recomendación de s del acusado, que una oración particular o rango es apropiada o que una pauta determinada disposición/política/factor hace o no se aplica (no vinculante),

(C) acepta que una frase o un rango es apropiada o que una pauta determinada disposición/política/factor hace o no se aplica (vinculante una vez aceptada la petición).

2.1.4 capacidad para retirar de petición de

Regla 11(c)(4) y **(5)** se combinan para permitir al demandado a retirar si se rechaza una petición bajo 11(c)(1)(A) o 11(c)(1)(C). En esencia, esta es una disposición "volver a empezar". Desafortunadamente, si el acuerdo incluye un requisito de que el acusado realice alguna acción antes de la sentencia, es difícil volver a empezar de cero. Si se rechaza una recomendación bajo **11(c)(1)(B)** , el acusado no puede retirarse bajo esta regla. (énfasis agregado)

2.1.5 la implicación de los jueces en las negociaciones de la declaración

En general, **11(c)(1) regla** prohíbe la corte para participar en cualquier [súplica negociación] discusión. Por ejemplo, una reunión de la juez, fiscal, acusado y defensor en las cámaras, extraoficialmente, durante el cual el juez dijo que el 90% del tiempo, siguió la recomendación de s fiscal necesaria inversión bajo **regla 11(c)(1)**. *EE Daigle*, 63 F.3d 346 (5th Cir. 1995). Del mismo modo, donde acusado pies fríos en el cambio de la audiencia de declaración y que el juez lo dicho (1) si fue juzgado en todos los tres cargos que tendría que tener 15 años, (2) que si él se declaró culpable tendría 10 años, y (3) que debe hablar con su abogado para ver si eso es lo que realmente quería hacer, el Tribunal cruzó la línea en el Reino Prohibido participación en la negociación del acuerdo. *EE C*asallas, 59 F.3d 1173 (11th CIR. 1995).

2.1.6 uso de declaraciones hechas en súplica fallidas conversaciones regla 11(f) se basa en la regla 410, *Las reglas federales de evidencia (FRE)*, para determinar la admisibilidad de las súplicas, las discusiones de la declaración o declaraciones relacionadas. Por lo tanto, normalmente, abogado no necesita preocuparse acerca del uso de tales declaraciones contra el cliente excepto en las dos situaciones específicamente exceptuados por regla 410: una excepción proporcionando una regla de integridad que permite que el resto de la declaración en donde ya está en la parte de ella y una excepción para el uso en los juicios de perjurio.

Desafortunadamente, la Corte Suprema ha sostuvo que la protección de estas reglas es presumiblemente renunciable. *EE Mezzanatto*, 513 U.S. 196 (1995). El noveno circuito previamente había sostenido que, salvo las excepciones específicas establecidas en la normativa como se señaló anteriormente, la protección de las normas podría no ser renunciada. *EE Mezzanatto*, 998 F.2d 1452, 1454-1456 (9th CIR. 1993). El Tribunal Supremo rechazó el análisis de s circuito 9 y permitido oferta declaraciones hechas en las discusiones de súplica para ser utilizado como previas declaraciones inconsistentes en su interrogatorio en el juicio y por demostrar para arriba por un agente que asistieron a la oferta de reuniones, señalando que dicho uso era compatible con el texto de la renuncia es ejecutado antes de la oferta.

Tenga en cuenta que, recientemente, algunos jueces han cuestionado la viabilidad de una protección similar respecto de las declaraciones hechas en el marco de un acuerdo de cooperación. Tales declaraciones no pueden utilizarse para aumentar una gama de pauta es acusado bajo U.S.S.G. 1B1.8(a), pero algunos jueces que están sugiriendo en un post*Booker* mundial, pueden ser utilizados para determinar una sentencia razonable después de que las directrices se calculan. *EE molinos*, 329 F.3d 24, 27-30 (1st Rd. 2003).

2.2 las pautas de sentencia Federal

Las directrices impactan en súplica negociación de varias maneras y han añadido una nueva dimensión al análisis de los beneficios de cualquier acuerdo federal. Abogado ahora puede ver con claridad el efecto sobre la frase que podría tener un trato especial. Las directrices también han establecido sus propios estándares para cuando los jueces deben aceptar o rechazar ofertas de súplica. Finalmente y tal vez lo más importante, las directrices han cambiado radicalmente la forma en que conducta además de implicados en el delito de condena la conducta supuesta conducta relevante, incluyendo conducta absuelto es un factor en el cálculo de la sentencia.

2.2.1 normas de aceptación o rechazo de la petición

El estándar de pauta para la aceptación de los acuerdos de la declaración se establece en **USSG §6B1.2**, una declaración política que tiene tres secciones con los tres tipos distintos de acuerdos declaración autorizados bajo regla 11(c)(1): (a) despidos y acuerdos de no procesar a, recomendaciones (b) no vinculantes y acuerdos de sentencia (c) específico. Las ramificaciones de estas secciones de pauta se tratan más plenamente por debajo en la sección 3 describiendo los tipos particulares de las gangas disponibles.

2.2.2 uso de conducta relevante bajo los lineamientos de

El concepto de *conducta relevante* tiene su génesis en **USSG** **§1B1.3.** Un análisis detallado de conducta relevante es demasiado amplio un tema a tratar en este artículo, aunque se dan más detalles sobre el uso de conducta relevante en tipos específicos de súplica gangas en la sección 3. En general, conducta relevante incluye toda conducta que ocurrieron durante

la Comisión del delito de condena, o durante la preparación para o trate de evitar la detección o responsabilidad por ese delito siempre y cuando el acusado ayudado, instigado, aconsejó, ordenó, inducida, procuró o había causado intencionalmente la conducta. **USSG §1B1.3(a)(1)(A).** Si el delito fue una actividad criminal común, conducta es relevante si era en fomento de la actividad y era razonablemente previsible. **USSG §1B1.3(a)(1)(B).** Las reglas son diferentes en un *groupable* delito tal como se define en **USSG §3D1.2(d)** la seriedad de las cuales se mide generalmente en una cantidad como el peso de las drogas o el número de dólares. En esos casos conducta relevante también incluye conducta que formaba parte de un esquema o plan común con la falta de convicción. **USSG §1B1.3(a)(2).** Independientemente del tipo de delito, conducta relevante también incluye todo el daño que fluye desde cualquiera de la conducta descrita arriba, **USSG §1B1.3(a)(3)**y objetos especiales específicamente identificados en la directriz aplicable. **USSG §1B1.3(a)(4).**

Obviamente esto es una definición muy amplia, especialmente en el caso de conspiración. El problema que enfrenta al abogado defensor es que la determinación de la gama de pauta en un caso particular es un proceso de varias etapas, con conducta relevante considerado de diferentes maneras en diferentes etapas. Inicialmente, una pauta específica del capítulo 2 donde hay una pauta para cada tipo general de ofensa es seleccionado para ser utilizado como una base para el cálculo basado en el delito de condena sin tener en cuenta la conducta relevante. **USSG §1B1.2(a).** Dentro de esa pauta elegido, el nivel de base de la ofensa y la aplicabilidad de diversas características de delito específico y las referencias recíprocas se basan en conducta relevante. USSG §1B1.2(b),3(a). Los ajustes en el capítulo 3 para cosas como papel en el delito, obstrucción de la justicia o aceptación de la responsabilidad también se basan en conducta relevante. **USSG §1B1.3(a).** Es generalmente justo para asumir esa conducta pertinente puede y serán consideradas por el juez de una forma u otra en la sentencia. Esto a veces puede negar el valor de una negociación, aunque el acusado a menudo puede derivar un beneficio sustancial de la aplicación de una pauta particular basada en declararse a una acusación particular. El acusado también puede beneficiarse de la eliminación de cierta conducta relevante del cálculo de la sentencia por el despido de algunos cargos, por lo menos en el noveno circuito.

2.2.3 uso de conducta absuelto bajo los lineamientos de

La justificación para permitir que la conducta para que el acusado fue absuelto para ser considerado en la sentencia es que en efecto hay una diferente carga de la prueba, la preponderancia de la evidencia, en la sentencia. *Estados Unidos v. Carreon*, 11 F.3d 1225 (5th Cir. 1994) (convicción requiere prueba fuera de toda duda razonable, hechos sentencia necesitan solamente ser probadas por la preponderancia de la  evidencia); EE Lawrence, 934 F.2d 868 (7th Cir.1991); *Estados Unidos v. Fonner*, 920 F.2d 1330 (7 Cir.1990); *EE Smith*, 953 F.2d 1060(7 Cir.1992); *Estados Unidos v. Manor*, 936 F.2d 1238 (11 Cir.1991). Hasta 1996, el noveno circuito no permite el uso de conducta absuelto en sentencia, *EE Brady*F.2d 928 844 (9th CIR. 1991), aunque cuenta con que cuelga el jurado *podría* ser utilizado. *Estados Unidos v. Duran*, 15 F.3d 131 (9th CIR. 1994). Algunos jueces en otros circuitos también sintieron que el uso de conducta absuelto "deben ser modificados [porque un] sólo sistema de sentencia penal no puede dejar de distinguir entre una alegación de conducta resultando en una convicción y una acusación de conducta resultando en una absolución." *Estados Unidos v. Concepción*, 983 F.2d

369, 396 (2d Cir. 1992), CERT negó, 114 S. CT. 163 (Newman, J., disidente).

Aunque hasta mediados de los 90 de que hubo cierta controversia sobre el uso absolvieron conducta para aumentar las penas, éste llegó a su fin cuando la Corte Suprema sostuvo que absolvió a realizar *puede* ser usado en los cálculos de pauta de sentencia. *EE Watts*, 519 U.S. 148 (1997). El Tribunal siguió el razonamiento habitual, sosteniendo que la absolución no significa inocencia, simplemente significa que existe una duda razonable. (ver también, ***Estados Unidos v. Horne,*** 474 F.3d 1004, 1006 (7th CIR. 2007).

2.3 Departamento de Justicia (DOJ) políticas

Aunque las políticas del Departamento de justicia no impactan directamente en la cancha y no crear un derecho al acusado a cierto tratamiento, inciden en las decisiones tomadas por el fiscal. Conocimiento de estas políticas sabiendo lo que puede y no puede considerar el fiscal puede ayudar al abogado defensor en argumentos de encuadre durante la etapa de negociación de súplica.

2.3.1 políticas que afectan a la decisión de carga

Desde días antes pautas, los fiscales se han dirigido para traer al jurado la ofensa más grave que es consistente con la naturaleza dc la conducta es acusado, y que es probable que resulte en una convicción sostenible. Directores de la Fiscalía Federal, julio de 1980; Manual DOJ en

9-27.001 et seq. Un Bluesheet del Departamento de justicia con fecha 13 de marzo de 1989, reiteró ese requisito, que ahora está codificado en el Departamento de justicia Manual 9-27.310. El fiscal puede cargar otros delitos, además de la más severa, si es necesario para reflejar la naturaleza de la conducta, proporcionan una oración apropiada o fortalecer el gobierno.

Políticas establecidos en el **Thornburgh Bluesheet** con fecha 16 de junio de 1989 hizo hincapié en el requisito de que los fiscales presentar arma cuentas e informaciones alegando condenas previas menores de 21 U.S.C. 851 para aumentar las penas. La anotación en el Departamento de justicia Manuel 9-27.750A añade más énfasis a la exigencia con su descripción del "*Proyecto Triggerlock*".

El **Reno Bluesheet** con fecha 12 de octubre de 1993 apareció en su rostro para aflojar el requisito de carga fácilmente demostrable más graves. (DOJ Manual 9-27.750B). En particular, indicó que era apropiado para el fiscal a considerar la pauta sentencia gama contempla un cargo, si la pena es proporcional a la gravedad de la conducta es acusado, y si la carga alcanzó los efectos del castigo, la protección, la disuasión y la rehabilitación. Por desgracia, en respuesta a un ataque por el senador Hatch, procuradora Reno aclaró el Bluesheet diciendo que sigue siendo una política de justicia que los fiscales cobran el delito más grave que es probable que resulte en una convicción sostenible y coherente con la conducta. A raíz de esa aclaración, mucha gente sentía que el Reno Bluesheet ya no era de ningún efecto. **Memorándum Ashcroft:**Más recientemente, Departamento de Justicia ha publicado el memorando de Ashcroft de 22 de septiembre de 2003, que ha sido o se convertirá en un Bluesheet a su debido tiempo. El memorándum de Ashcroft establece nuevas políticas para la carga y motivo de negociación y se incluye como un anexo a este artículo. La nueva política dice que los fiscales federales deben cargar y perseguir el delito más grave, fácilmente demostrable o delitos que sean soportados por los hechos del caso, excepto según lo autorizado por los supervisores designados. Los que generan la frase más importante, bajo las pautas de sentencia o debido a una sentencia mínima obligatoria significa más graves que. Los cargos son fácilmente demostrables a menos que el fiscal tiene una duda de buena fe, por razones legales o probatorias, en cuanto a la capacidad de gobierno fácilmente para probar una acusación en el juicio. Una vez presentada, los cargos más graves fácilmente demostrables pueden no ser despedidos excepto en la medida permitida por las secciones posteriores del memorando que trata principalmente los cargos que no tienen ningún efecto en la sentencia, los programas vía rápida, reevaluación de la evidencia, o asistencia sustancial. Sin embargo, hay una sección especial dedicada a caer mejoras legales como *21 U.S.C. § 851 o 18 U.S.C. § 924(c)* donde pueden causar al demandado a que no tienen ningún incentivo para abogar y otra sección que reconoce las limitaciones de recursos como razones legítimas para rechazar o retirar algunos cargos.

2.3.2 políticas que afectan a petición de negociación

La principios de 1980 de Fiscalía Federal establece una lista de las cosas que el fiscal puede considerar para llegar a un acuerdo, incluyendo: cooperación, antecedentes penales, gravedad de la ofensa, remordimiento o aceptación de responsabilidad, hecho que motivo es rápido y seguro para el gobierno, las probabilidades en el juicio, efecto sobre testigos, probable sentencia en el juicio, el interés público en juicio en lugar de súplica,

25

gastos de juicio y apelacióny el efecto de esta declaración para resolver otros casos no relacionados o. (DOJ Manual 9-27.420). Por desgracia, no está claro cuántos de estos factores siguen siendo viables a la luz de la Bluesheets más adelante en la era de la pauta. El Thornburgh Bluesheet señala que después de acusación, los fiscales son negociación sobre los cargos que tienen *ya decidida a ser fácilmente demostrable* y reflexivo de la gravedad de la conducta del acusado y así raramente deberían estar en condiciones de retirar los cargos. Sin embargo, esa misma Bluesheet va en tener en cuenta que pueden surgir circunstancias, tales como la necesidad de proteger a un testigo, que podría cambiar el cálculo de la negociación. Sin embargo, el empuje de todas las políticas fue claro: los cargos son fáciles de hacer, difícil de dejar. **Memorándum Ashcroft:**En el memorándum de Ashcroft del 22 de septiembre de 2003, establece directrices específicas para carga de negociación y negociación de sentencia. Cargue la negociación se limita a retirar esos cargos que podrían caer bajo las normas establecidas en la sección anterior. Negociación de sentencia se limita a sentencias dentro de la gama de pauta o a un conjunto limitado de salidas. Aprobados incluyen aquellos para asistencia sustancial y los programas vía rápida. Cualquier otra salida debe ser una ocurrencia rara, y los fiscales están obligados a oponerse a salidas no respaldadas por hechos y ley y están prohibidos a quedarme callado.

2.4 la aplicación de los acuerdos de la declaración

En general, los términos de un acuerdo de culpabilidad son "naturaleza contractuales" y conflictos serán "determinados por normas objetivas". *EE Goroza*F.2d 941 905 (9th CIR. 1991). Ninguna promesa de gobierno que forman parte de la inducción a declararse debe cumplirse. *V Santobello. Nueva York*, 404 U.S. 257.262 (1971). Sin embargo, los acuerdos de la declaración... son únicos contratos en que cuestiones procesales especiales para obtención justicia y la suficiencia de las garantías procesales. *EE Carnine*, 974 F.2d 924, 928 (7th CIR. 1992). Esto es en parte porque las cortes son conscientes de que un acuerdo es a menudo un contrato de adhesión. Como una cuestión práctica, el gobierno tiene negociación poder absolutamente superior a la del promedio acusado aunque sólo sea porque la carga precisa o cargos debe ser traído y así el último condena a imponerse bajo el esquema de pautas depende de la fiscalía. *EE Johnson*, 992 F. Supp 437 439-40 (D.D.C. 1997). Por lo tanto, [c] ourts deducir acuerdos alegato estrictamente contra el gobierno. Esto se hace para una variedad de razones, antes de que la acusación es entregada a. Señaló que si la negociación lleva a cabo antes o después de la acusación, la política del departamento es el mismo, pero también reconoció que será difícil para cualquiera que no sea el fiscal y el acusado saber Si, antes de la acusación, el fiscal negociado conforme a la política de s del departamento. El memorándum de Ashcroft 2003 no contiene esta advertencia, pero en la práctica, es todavía posible evitar los cargos más graves por llegar temprano con el fiscal y preparando un alegato de la acusación. Si nada, puede tratar de influir en la vista fiscal de lo que es fácilmente demostrable.

3.2 carga negociación

Carga de negociación del acuerdo para despedir o no cargar ciertas cuentas o para sustituir a un cargo menos grave por uno más serio es una de las herramientas más eficaces de negociación. Ausente circunstancias extremadamente inusuales, los jueces no pueden impedir el procesamiento de desestimar los cargos y nunca pueden obligarlos a presentar cargos. Carga de negociación está limitada por las políticas del Departamento de justicia mencionadas en la sección 2.3.2

anteriormente, pero es generalizada en la práctica.

Muestra acuerdo acuerdo idioma

*En virtud del Fed.R.Crim.P. **11(c)(1)(A)**, el gobierno se compromete a desestimar cargos 2-7. Medida en el distrito de Arizona tiene lugar sobre tales asuntos, el gobierno se compromete a no procesar a los siguientes cargos: robo del Valley National Bank en 200 N. Central, Phoenix, Arizona el 16 de enero de 2003.*

3.2.1 reglas y directrices

Acuerdos para despedir o no procurar cargos están autorizados bajo regla 11(c)(1)(A). En el caso habitual, un acuerdo de no procesar a un acusado por otros cargos penales es obligatorio sólo en esos distritos judiciales identificados en el acuerdo de culpabilidad. ***EE Phibbs***F.2d 999 1053, 1081-82 (6th CIR. 1993). La corte es necesaria aconsejar al acusado que pueden rechazar los acuerdos, y que el acusado puede retirar si eso produce. **Regla 11(c)(3)(A). USSG §6B1.2(a)** informa al tribunal que acepte esos acuerdos si el tribunal determina por razones indicada en el expediente, que los cargos restantes reflejan adecuadamente la gravedad de la conducta real ofensa y que aceptar el acuerdo no socavará los fines estatutarios de sentencia o las pautas de sentencia. No está claro lo que significa para reflejar adecuadamente la gravedad de la conducta ofensiva.

El 1989 que Thornburgh memorando cita que el ejemplo de caer cargas no tendría ningún efecto sobre la gama de pauta. (DOJ Manual 9-27.410). Esta construcción extremadamente estrecha no es muy útil para la defensa.

3.2.2 las políticas del Departamento de justicia

En general, como se mencionó en la sección 3.1 anterior, DOJ frunce el ceño en desestimar cargos fácilmente demostrables que reflejan la gravedad de la conducta de s del acusado. DOJ Manual 27.400-9. Sorprendentemente, el memorándum Thornburgh 1989 sugirió que los fiscales pueden caer fácilmente demostrables cargos con el fin de efectuar los objetivos del sistema de justicia penal aparte de observancia de las directrices, tales como la conservación de los recursos. El ejemplo fue el lanzamiento de un caso porque sería demasiado lento o interferir con el procesamiento de otros casos. (DOJ Manual 27.400-9). El 2003 Ashcroft memorándum sigue este razonamiento con permiso a mejoras legales como *21 U.S.C. § 851 o 18 U.S.C. § 924(c)* donde pueden causar al demandado a que no tienen ningún incentivo para alegar, o a retirar los cargos basados en las limitaciones de recursos. Desafortunadamente, este principio no se refleja en las declaraciones de política sentencia pautas en el USSG capítulo 6. El manual del Departamento de justicia contiene un tratamiento separado de los acuerdos no enjuiciamiento que se realizan a cambio de cooperación. Abogado perseguir tales

acuerdo debe referirse a 27.600-§9. En particular, §9-27.641 establece el proceso para la obtención de un acuerdo donde los delitos donde en varios distritos. (*US abogados penales Resource Manual-sección 9* se adjunta como **anexo "A"**)

3.2.3 efecto del alegato sobre la sentencia máxima disponible

Incluso bajo las directrices, la corte está limitada a la pena máxima legal para el delito o delitos de convicción. En algunos casos, la consideración de conducta pertinente conforme a las directrices, junto con la solicitud de varias salidas hacia arriba, puede conducir a la gama de pauta a una altura inaceptable. Aunque es difícil control pauta cálculos, suplicando a una ofensa con un máximo de cinco años en comparación con uno con un máximo de diez años por lo menos da al cliente cierta protección.

3.2.4 uso de conducta despedida y no carga bajo los lineamientos de

Gama de sentencia la pauta y la eventual sentencia en un caso particular están influenciadas por la selección de la pauta apropiada para servir como la base para el cálculo, la decisión de aplicar diferentes ajustes a esa pauta basado en el análisis de la conducta relevante para el delito de la convicción, la determinación de la categoría de historia criminal acusado s y la decisión de efectuar una salida al alza. El efecto en cada uno de ellos una ganga desestimar los cargos se analiza más adelante. Las normas generales sobre el uso de *conducta relevante* se discuten en la sección 2.2.2.

3.2.4.1 seleccionar la sección correspondiente directriz

Aunque casi toda conducta relevante puede ser considerado de alguna forma en la sentencia, USSG §1B1.2 y 3, la selección de la actual *sección de pauta* para ser aplicado es determinado por la carga de la *convicción*.

USSG §1B1.2(a). El acusado a menudo puede obtener algún beneficio de tener la opción de pauta y por lo tanto el nivel base ofensiva, basada en la convicción para un determinado cargo. Otra conducta relevante es entonces relegado a consideración sólo en cuanto a las características específicas del delito o posibles salidas. Así un acuerdo de culpabilidad puede ser eficaz al impedir el uso de cuentas despedidos en decidir cual pauta para aplicar.

El beneficio de la pauta de declararse a un cargo menor puede ser anulado si el acuerdo oral o escrito contiene una cláusula que establece específicamente un delito más grave. En tales casos, el tribunal puede aplicar la pauta apropiada a la conducta más grave. **USSG §1B1.2(a) & (c).** Sin embargo, dicha estipulación surte efecto sólo si el acusado y el gobierno acepta explícitamente que es para ser utilizado para ese propósito. **USSG §1B1.2, comentario. (n.1).**

Abogado también debe estar alertas a la posibilidad de una referencia cruzada a otra pauta. Por ejemplo, la pauta a obstruir o impedir oficiales, USSG §2A2.4, refiere al Tribunal a la directriz del asalto, **USSG §2A2.2**, si la conducta constituyó asalto agravado.

3.2.4.2 determinación de la gama de pauta

USSG §1B1.3 proporciona que, una vez que la sección adecuada pauta ha sido seleccionada basado en la falta de convicción, toda *conducta relevante* debe utilizarse para determinar la aplicabilidad dc las características específicas del delito, referencias cruzadas y ajustes y así la gama pauta rcal bajo la pauta de las. Conducta que constituya o está relacionado con cuentas que son despedidos o no acusados en virtud de un acuerdo aún puede influir en el cálculo de pauta si esa conducta resulta para ser relevante para el delito de convicción. La definición de *conducta relevante* se discute más plenamente en la sección 2.2.2, pero en general incluye: toda conducta que el acusado ayudado, instigado o lo contrario fue personalmente responsable, llevar a cabo una actividad criminal común que era previsible y el fomento de la actividad y conducta en un *groupable* ofensa que formaba parte de un esquema o plan común con la falta de convicción. Esta es una definición muy amplia, especialmente en el caso de conspiración. La regla general es que cuentas despedidos como parte de un acuerdo de alegato *a* utilizarse para calcular la condena del acusado si las cuentas son parte del mismo curso de conducta a la cual el acusado se declaró culpable. ***Cornell 79 L. Rev. 299, n.160 citando EE Frierson***, 945 F.2d 650, 653-55 (3d CIR. 1991), ***CERT negó***, 503 Estados Unidos 952 (1992); ***Estados Unidos v. Smallwood***, 920 F.2d 1231, 1239 (5th Cir. 1991), *CERT negó*, 501 US 1238 (1991); ***Estados Unidos v. Taplette***, 872 F.2d 101 (5th Cir. 1989), ***CERT negó***, 493 Estados Unidos 841 (1989); ***EE Rodriguez-Nuez***, 919 F.2d 461, 464-65 (7th CIR. 1990); ***EE Williams***, 880 F.2d 804, 805-06 (4th CIR. 1989); ***Estados Unidos v. Scroggins***, 880 F.2d 1204, 1213-14 (11th CIR. 1989), *CERT negó*, 494 1083 de Estados Unidos (1990); ***EE Wright***, 873 F.2d 437, 440-41 (1st Cir. 1989); ***EE Sailes***, 872 F.2d 735, 738-39 (6th CIR. 1989); ***EE Baird***, 109 F.3d 856, 865 (3rd CIR. 1997). *Pero ver* ***Estados Unidos v. Griggs***, 71 F.3d 276 (8th CIR. 1996) (sin cargos conducta puede considerarse para determinar el nivel de base ofensiva para drogas casos *a menos que* el acuerdo limita al tribunal los hechos establecidos en el acuerdo).

No todos los circuitos pensó que era justo para uso desestimada a cuenta en el cálculo de la gama de la pauta de sentencia. El noveno circuito prohíbe tal uso, basado en parte en el análisis de una versión desde el cambio de la súplica pauta, **USSG §6B1.2(a),** la negociación y en parte en la herética idea de que el acusado debe obtener el beneficio de su parte del trato. *Estados Unidos v. Castro-Cervantes*, 927 F.2d 1079 (9th CIR. 1990). **USSG §6B1.2(a)** fue modificado 01/11/92 efectivo para proveer específicamente que ambos desestimó los cargos y

No cargos en virtud de un acuerdo de declaración *puede* ser considerada como conducta relevante bajo §1B1.3. Incluso en el noveno circuito, la justificación de Castro-Cervantes no se extendió a las ofensas que son *groupable* bajo el agregado daño análisis de **USSG §3D1.2.** Por lo tanto, si el nivel de un delito depende de una cantidad así como el peso de las drogas o el número de dólares involucrados en un fraude, que sería groupable bajo §3D1.2, entonces las cantidades involucradas en los cargos despedidos *serán* considerar en la determinación de las directrices. *Estados Unidos v. Fine*, 975 F.2d 596 (9th CIR. 1992) (en banco).

3.2.4.3 determinar la categoría de historia criminal

En general, cargos despedidos en virtud de un acuerdo de culpabilidad no se consideran en el cálculo de la categoría de historia criminal en el caso de inmediato. Sin embargo, como se discute en **sección 3.2.4.4,** arriba llegadas por insuficiencia de antecedentes penales bajo §4A1.3 se rigen por mucho los mismos principios que otras salidas hacia arriba, y así las cuentas despedidas bien podrían considerarse para este propósito según ley del circuito. Algunos circuitos han permitido específicamente salidas bajo **USSG §4A1.3** basado en conducta despedido. *Estados Unidos v. Ashburn*, 38 F.3d 803 (5th Cir. 1994) (*en Banco*); *Estados Unidos v. Collins*, 104 F.3d 1436 (8th CIR. 1997). Nota también que cuenta despedido en un caso también podría considerarse para la partida hacia arriba en un caso separado. *Estados Unidos v. Ruffin*, 997 F.2d 343 (7 Cir.1993)

3.2.4.4 decidir sobre una frase o una salida

Bajo el esquema de pauta, casi cualquier información puede ser considerado en determinar la frase exacta dentro de una gama de pauta o la propiedad o parte de una partida bajo **USSG §1B1.4.**

Antes de 2000, hubo una división sobre si era apropiado utilizar conducta subyacente cargos despedidos para apoyar una salida. Por ejemplo, en el circuito 9 cargos despedidos podrían no utilizarse como base para la partida hacia arriba. *Estados Unidos v. Castro-Cervantes*, 927 F.2d 1079 (9th CIR. 1990). Tampoco puede utilizarse sin cargar cuenta para ese propósito. *Estados Unidos v. Faulkner*, 952 F.2d 1066 (9th CIR. 1991). Otros circuitos abrazaron llegadas ascendentes basados en conducta despedido más fácilmente, particularmente desde que decidió Watts. *Ver EE Kim*, 896 F.2d 678, 684 (Cir.1990 II) (despedido cuenta puede utilizarse en algunas circunstancias); *EE Ashburn*, 38 F.3d 803, 807 (5 Cir.1994) (igual); *EE Zamarripa*, 905 F.2d 337, 341 (10 Cir.1990) (igual). En el año 2000, las directrices se modificaron para añadir §5K2.21, que proporciona específicamente para llegadas basados en conducta despedida o descargada. Después de eso, ni siquiera el 9no circuito ha mantenido que la enmienda efectivamente reemplaza la prohibición y despedidos o sin cargos de conducta que es permisible. *EE Barragan-Espinosa*, 350 F.3d 978, 983 (9th CIR. 2003).

3.3 recomendación negociación

Recomendación de negociación a la entrada de una petición a cambio de una simple recomendación no vinculante desde el fiscal da al acusado menos que cualquier otro trato. A veces, sin embargo, es lo mejor que puede hacerse. Cuando se combina con fuerte conocimiento del juez y el oficial de libertad condicional pueden producir grandes beneficios.

Muestra acuerdo acuerdo idioma

En virtud de Fed.R.Crim.P. 11(c)(1)(B), Estados Unidos y el demandado convienen en lo siguiente: un) recomendará a los Estados Unidos que el acusado no recibir ningún ajuste por su papel en la ofensiva, y que una sentencia de 24 a 36 meses de prisión es apropiada; multas y liberación b) supervisada se determinará por el tribunal.

3.3.1 las normas y directrices

Las recomendaciones no vinculantes están autorizadas bajo **regla 11(c)(1)(B)**. **USSG §6B1.2(b)** autoriza, pero no requiere, a aceptar la recomendación si está dentro de la gama pauta aplicable o se aparta de las razones que justifican la corte. Cuando se enfrenta con una recomendación o una tapa debajo de las directrices, algunos tribunales simplemente recitan el mantra de que la sentencia se aleja por motivos justificables adelante y aceptar el trato. Desafortunadamente, el comentario del **USSG §6B1.2(b)** notas que salen por *las razones que justifican* en realidad significa que dicha salida está autorizado por **18 U.S.C. §3553(b)**. Ese estatuto exige al tribunal que imponga una sentencia *dentro de* la gama de pauta a menos que exista un agravantes o atenuantes circunstancias no adecuadamente examinadas por la Comisión de sentencias. En otras palabras, las palabras

35

las razones que justifican en la pauta de no crear un nuevo motivo de partida los hechos del caso debe ser suficiente para justificar una salida bajo las reglas normales. Donde no hay derecho a retirarse de una súplica como dónde está el acuerdo de recomendación bajo **regla 11(c)(1)(B)** la corte debe informar al acusado que no tiene derecho a retirarse si se rechaza la recomendación de s del gobierno. Regla 11(c)(3)(B). Fracaso para asesorar a tan ha sostenido a menos que el registro muestra que el acusado tenía ese conocimiento error reversible. *Estados Unidos v. Graibe*, 946 F.2d 1428 (9th CIR. 1991). Sin embargo, hay una serie de excepciones. Por ejemplo, el fracaso para asesorar al acusado que no se permitiría a retirar su declaración de culpabilidad si el Tribunal rechazó la recomendación de sentencia s gobierno fue error, pero cuando el Tribunal de hecho siguió la recomendación, no había ningún prejuicio y la sentencia fue afirmada. *EE Chan*, 82 F.3d 921, *opinión modificada y reemplazado por* 97 f.3d 1582 (9th CIR. 1996). Un fallo similar para asesorar que al acusado durante el Coloquio era inofensivo, en la sentencia, el Tribunal tomó conciencia del problema y dio al acusado la oportunidad de retirarse y el acusado se negaron. *Estados Unidos v. Díaz-Vargas*, 35 F.3d 1221 (7th CIR. 1994).

3.3.2 las políticas del Departamento de justicia

El 1989 Thornburgh Bluesheet parece dar carta blanca para recomendaciones de sentencias dentro de la gama de pautas y recomendaciones para la aceptación de la responsabilidad. Se desaconseja la recomendación de salidas, aparte de **USSG §5K.1** salidas para asistencia sustancial. En el memorándum de Ashcroft del 22 de septiembre de 2003, recomendación de negociación se limita a frases dentro de la gama de pauta, o para un conjunto limitado de salidas. Aprobados incluyen aquellos para asistencia sustancial y los programas vía rápida. Cualquier otra salida debe ser una ocurrencia rara, y los fiscales están obligados a oponerse a salidas no respaldadas por hechos y ley y están prohibidos a quedarme callado. **DOJ Manual 9-27.730** Estados que recomendaciones sólo debe hacerse cuando un acuerdo de culpabilidad requiere o el interés público lo amerite. El texto es bastante imparcial incluso afirma que un fiscal debe hacer una recomendación si el fiscal considera que lo contrario es probable que la sentencia será injusta para el acusado. Sin embargo, el listado de consideraciones a pesar de hacer una recomendación, se ponderan pesadamente hacia el gobierno. 9-27.745 Manual del Departamento de justicia.

El listado de cosas a tener en cuenta para determinar si a entablar una negociación en todo es mucho más amplia y útil a la defensa. 9-27.420 Manual del Departamento de justicia. El manual del Departamento de justicia no hace una gran distinción entre las recomendaciones y disposiciones legales vigentes, pero dibuja una línea brillante entre las recomendaciones que están en el rango de pauta y aquellos que no son. 9-27.410 Manual del Departamento de justicia.

3.3.3 efecto de recomendación por debajo del rango de pauta

Las pautas requieren la corte para rechazar un acuerdo fuera de la gama de pauta si no hay justificación para una salida bajo *18 U.S.C. 3553(b)* y las directrices de sí mismos. **USSG §6B1.2(c)(2)** y comentario. No obstante, si la corte acepta una recomendación y oración por debajo del rango de pauta, esa decisión *puede* estar protegidos del escrutinio apelación por la doctrina de la renuncia. Después de todo, el hecho de que la Fiscalía ha recomendado la oración debe conducir el Tribunal y el demandado razonablemente esperar que el gobierno no apelará la sentencia. Este resultado sería preocupante para los tribunales de apelación porque las partes en efecto crearía su propio esquema de salida de autoayuda. Los tribunales han sostenido en los numerosos casos que un *acusado* renuncia a cualquier objeción que fracasa en el Tribunal de distrito. Véase, por ejemplo, *EE Belden,* 957 F.2d 671 (9th CIR. 1992), *CERT negó*, 506 Estados Unidos 882 (1992); *EE Bafia*, 949 F.2d 1465, 1476 (7th Cir.1991) (acusado renunciado objeciones a la mejora de obstrucción a la justicia y la negación de partida para la aceptación de la responsabilidad al no oponerse en sentencia). Uno esperaría que las mismas reglas que se aplican al *gobierno*. El XI circuito tan celebrada donde el fiscal acordó que el Tribunal tenía discreción y no se opuso a la salida hacia abajo. *EE Prickett,* 898 F.2d 130 (11th CIR. 1990). Sin embargo, el noveno circuito ha encontrado una excepción para permitir al gobierno recurrir donde hubo error llano y la "injusticia". *U.S. v. Snider*, 957 F.2d 703 (9th CIR. 1992). *Accord, Estados Unidos v. Perkins*, F.3d 108 512 (4th CIR. 1997) (regla simple error permite la revisión de salida baja injustificada con el fin de proteger la integridad del sistema judicial).

Para otras excepciones a la regla contra planteando cuestiones por primera vez en apelación véase *EE Flores-sarape*F.2d 942 556, 558 (Cir.1991 9) (existen excepciones a la regla general para circunstancias excepcionales, cambio en la ley durante la apelación, cuestión es puramente una de ley y otro partido no prejuicios y llano error e injusticia). Lo que constituye un claro error varía de un lugar a otro. Ver *EE Fant*, 974 F.2d 559, 565 (4 Cir.1992) (llano error resultados cuando fiscal viola acuerdo); *EE Goldfaden*, 959 F.2d 1324, 1328 (5 Cir.1992) (igual); *Estados Unidos v. Phillips*, 37 F.3d 1210 (7 Cir.1994) (no hay error llano donde violó acuerdo) también de relevancia son *EE mano*F.2d 913 854, 856 n.2 (10 Cir.1990) (incumplimiento del acuerdo de culpabilidad puede ser levantado por primera vez en apelación) y *EE Moscahlaidis*, 868 F.2d 1357, 1360 (3rdCir.1989) (igual).

3.3.4 efecto de la incapacidad del gobierno para formular recomendación

El fracaso de gobierno s para recomendar una sentencia en el extremo inferior de la gama de la pauta, como pedía el acuerdo, pidieron una revocación incluso donde, en respuesta a la pregunta de s del Tribunal, el fiscal admitió que ella estaba recomendando el low-end. En marcha atrás, la corte señaló que el error inofensivo regla no se aplica a la ley de los acuerdos contractuales de súplica. *Estados Unidos v. Myers*, 32 F.3d 411, 413 (9th CIR. 1994) (situación agravada por el hecho de que el fiscal señaló la corte s hechos justifican una condena mayor, y que las objeciones de s abogado de defensa, el Tribunal s pregunta y el reconocimiento s fiscal del acuerdo todos vinieron después de dictada la sentencia). *Accord*, *US v. Hawley*, 99 F.3d 682 (10th CIR. 1996) (acusado derecho al alivio independientemente de si la conducta de s gobierno afectado el juez de sentencia). Un resultado contrario en un caso donde el acuerdo escrito contenía la sustancia de la recomendación de s del gobierno y la corte de Apelaciones se sentía que si el gobierno hubiera hecho la recomendación en el Tribunal en el momento de la sentencia no habría probablemente cambió la condena de los acusados. ***Estados Unidos v. Flores-Sandoval***, F.3d 94 346 (7th CIR. 1996).

Un acuerdo para recomendar una sentencia no implica una obligación de hacerlo con entusiasmo o establecidas en el Acta las razones de la recomendación. ***EE Benchimol***, 471 U.S. 453, 455-456 (1985). No obstante, el fiscal no puede pagar las alabanzas al acuerdo con una recomendación pero socavar esa recomendación apoyando el cálculo mayor de pauta Informe redactará en un memo de la sentencia. ***Estados Unidos v. Taylor***, 77 F.3d 368 (11th CIR. 1996). *Véase también* ***Estados Unidos v. Canadá***, 960 F.2d 263 (1st Cir. 1992) (específicos de rendimiento a través de modificación de sentencias y teniendo en cuenta que mientras que la recomendación no necesita hacerse con cualquier grado de entusiasmo particular, sin embargo es injusto para el fiscal inyectar materiales reservas sobre un acuerdo para que el gobierno se ha comprometido a pedir). Donde el acusado se declaró culpable en una corte federal en Wyoming con un acuerdo que el gobierno recomendaría tiempo *concurrente* con una próxima sentencia federal en Iowa, y donde el fiscal del gobierno en Iowa de hecho solicitó una sentencia *consecutiva* , el acusado tenía derecho a rendimiento específico del gobierno porque ausente una limitación expresa, ninguna promesa hecha por un AUSA en uno de los distritos unirá una AUSA en otro distrito. ***Estados Unidos v. Van Thournout***, 100 F.3d 590 (8th CIR. 1996). Al parecer, ni siquiera una promesa imposible debe mantenerse. Donde el gobierno acordó recomendar la libertad condicional, pero libertad condicional no era permisible bajo los lineamientos, y el Gobierno informó a la corte que no estaba destinado a imponer una sentencia que sería ilegal bajo los lineamientos, el acuerdo se basaba en una promesa irrealizable y el acusado deberá retirar su declaración. *Estados Unidos v. Cooper*, 70 F.3d 563 (10th CIR. 1995).

3.4 estipulación negociación

Estipulación negociando la entrada de una petición a cambio de una recomendación vinculante es el Santo Grial del motivo de negociación en un tribunal federal. Armado con una sentencia estipula que un cliente puede estar seguro de lo que va a pasar, a menos que el juez rechaza la petición en conjunto.

Muestra acuerdo acuerdo idioma

*En virtud de **Fed.R.Crim.P.** 11(c)(1)(C), Estados Unidos y el acusado estipulan y coinciden en que la siguiente es una oración apropiada: a) las partes estipulan que el acusado no deberá recibir un ajuste para papel en la ofensiva y recibirá un máximo de 60 meses de prisión. multas y liberación b) supervisada se determinará por el tribunal. c) si el Tribunal, después de revisar este acuerdo y antes de aceptar, concluye que cualquier disposición es inadecuada, puede rechazar el acuerdo de culpabilidad, dando al acusado, de conformidad con el **Fed.R.Crim.P.** 11(c)(5), la oportunidad de retirar la declaración de culpabilidad. d) conforme a las pautas de sentencia §6B1.1(c), el tribunal deberá aplazar la aceptación o rechazo de este acuerdo hasta allí ha sido una oportunidad para examinar el informe previa.*

3.4.1 normas y directrices

Negociación de penas estipuladas está autorizada bajo **de la regla 11 (c)(1)(C)** y se analiza para los propósitos de las pautas de sentencia bajo §6B1.2(c). La pauta estándar es igual que una sentencia recomendada discute en sección 3.3.1 el juez puede aceptar el acuerdo si la frase está dentro del rango de pauta o se aleja por motivos justificables, lo que significa que hay una razón legal suficiente para la salida. **Regla 11(c)(5),** contemplados en el idioma de acuerdo de acuerdo muestra anterior, se refiere al derecho a retirar proporcionada por las normas y las directrices en el caso de **regla 11(c)(1)(A)** y **11(c)(1)(C)** los acuerdos. Como se indicó anteriormente, esto es un vuelta a la provisión de una plaza que intenta permitir que ambas partes volver al *statu quo ante*. Este es el único sentido en el cual un acuerdo incluyendo una estipulación es *vinculante* en la cancha de la corte no necesita aceptarlo, pero el acusado se permitirá retirar si el Tribunal no.

3.4.2 las políticas del Departamento de justicia

Estipulación de negociación es reconocida bajo **DOJ Manual 9-27.410**, pero poco se dice sobre él. El manual hace poca distinción entre las recomendaciones y disposiciones legales vigentes. Tampoco el memorando Ashcroft de 22 de septiembre de 2003, recomienda que las estipulaciones de los límites de la misma manera que limita, a saber, a penas dentro de la gama de pauta o a un conjunto limitado de salidas. Aprobados incluyen aquellos para asistencia sustancial y los programas vía rápida. Cualquier otra salida debe ser una ocurrencia rara, y los fiscales están obligados a oponerse a salidas no respaldadas por hechos y ley y están prohibidos a quedarme callado.

3.4.3 acuerdos sentencia bajo regla 11(c)(1)(C)

A menudo el acuerdo no estipula una frase exacta, pero será en cambio establecido un máximo a menudo llamado un *casquillo* o un rango de oración. Antes de las enmiendas de 1999, la regla se proporciona únicamente por la estipulación de una oración específica. Hubo alguna pregunta acerca de si una gorra o una gama era una sentencia específica bajo la regla. *Comparar* ***Estados Unidos v. Bolinger***, 940 F.2d 478 (Cir.1991 9) *con **EE Newsome***, 894 F.2d 852 (6th CIR. 1990). La cuestión de la gama ahora es obsoleta, como la norma prevé la estipulación de una gama de sentencia. ¿El exacto significado de una gorra por ejemplo, la ausencia de un extremo inferior implica que es posible libertad condicional o salida por debajo de las directrices se acordó? es una cuestión de práctica local. Como se discute en la sección 3.3.3, supra, la corte siempre puede rechazar una petición bajo **regla 11(c)(5)** y las pautas requieren a hacerlo si la declaración está fuera del rango de pauta a menos que se justifique una salida. Sin embargo, si el acuerdo es bajo **regla 11(c)(1)(C),** la corte debe aceptar el acuerdo o permitir al demandado a retirar de la súplica. Bajo estas circunstancias, el Tribunal está bajo presión

para seguir adelante y aceptar el acuerdo y sentencia por debajo del rango de pauta. También se aplicaría en este caso la discusión en la sección 3.3.3 de una posible renuncia a la apelación presentada por el gobierno.

3.5 acuerdos con respecto a factores de pauta

Las enmiendas de 1999 a **11(c)(1) regla** ahora permitan al gobierno para recomendar o estipular si se aplica una disposición particular de las directrices, declaración política o factor de sentencia en un caso particular.

Recomendaciones bajo **regla 11(c)(1)(B)** no son vinculantes, y el acusado no tiene ningún recurso si son rechazados por el tribunal. Rechazo de estipulaciones bajo **regla 11(c)(1)(C)**, sin embargo, da lugar a un derecho de retirarse bajo **regla 11(c)(5).**

Muestra acuerdo acuerdo idioma

Las partes estipulan como sigue: la ofensa no incluía más que la planificación mínima, y no hay papel-en-el-delito, víctima-relacionadas, obstrucción ni sentencias múltiples-Conde

Ajustes en el sentido de las directrices, capítulo 3.

3.5.1 corte debe rechazar las estipulaciones inexactas

En general, **USSG §6B1.4(d)** afirma que los tribunales de sentencia no están obligados por las estipulaciones de los acuerdos de la declaración pero en cambio son libres determinar los hechos relevantes para la sentencia. El tribunal puede confiar en el informe antes de determinar la verdad de los hechos. **USSG §6B1.4(d);** *Estados Unidos v. Lutfiyya*, 26 F.3d 1468 (8th CIR. 1994). El hecho de que el gobierno establecido a ciertos hechos en el acuerdo no impide que el Tribunal de distrito considerando conducta *exterior* los hechos establecidos, incluyendo conducta sin cargar. *Estados Unidos v. Griggs*, 71 F.3d 276 (8th CIR. 1995). Sin embargo, si el Gobierno sostiene una posición contraria a su estipulación en comparación con el juez simplemente rechazarlo allí puede ser una violación de los acuerdo de culpabilidad. *Estados Unidos v. Valencia*, 985 F.2d 758 (5th Cir. 1993).

3.5.2 estipulaciones que daño al acusado pueden depender

Pueden depender de estipulaciones que van en contra del acusado por el Tribunal incluso si no son apoyados por el informe redactará aparentemente como espectadores de un partido. *Estados Unidos v. Cambra*, 933 F.2d 752 (9th CIR. 1991) (estipulado al valor de la pérdida de fraude); *Estados Unidos v. Bos*, 917 F.2d 1178 (9th CIR. 1990) (estipulación de delito mayor). Incluso las estipulaciones sobre cargos despedidos pueden ser consideradas. *Estados Unidos v. Saldana*, 12 F.3d 160 (9th CIR. 1993). *Conducta relevante* para determinar el Tribunal de distrito pudo contar correctamente con estipulación en el acuerdo de culpabilidad que cierta conducta constituye una conducta relevante bajo § **1B1.3** de las directrices. *Estados Unidos v. Flores-Sandoval*, F.3d 94 346 (7th CIR. 1996) (corte omite el argumento de defensa que algunos conducta no verdaderamente relevante, confiando en la estipulación no *era* relevante). Del mismo modo, estipulación de s acusado que debe aplicar el abuso de la mejora de la confianza, junto con un acuerdo de no recurrir la exactitud de los hechos establecidos, constituye una renuncia a su derecho de apelar una determinación basadas en ella. *Estados Unidos v. Allison*, F.3d 59 43 (6th CIR. 1995), *CERT negó*, 516 1002 de Estados Unidos (1995). Una estipulación puede constituir una renuncia, bajo las circunstancias apropiadas, pero no releva a la corte de su obligación de determinar su propia visión de los hechos y la ley. *EE Mankiewicz*, 122 F.3d 399, 403 n.1 (7th CIR. 1997).

3.6 acuerdos sobre restitución

Restitución no cubre exhaustivamente aquí. El material en esta sección no ha sido actualizado en los últimos años. Esta sección sólo intenta apuntar hacia algunos de los problemas que pueden ser encontrados y hacia alguno de la ley pertinente.

Muestra acuerdo acuerdo idioma

Acusado específicamente se compromete a restituir a la víctima por un monto de $400.000 a pesar de que el acusado se declara no culpable y no ha sido condenado por el delito que dé lugar a las pérdidas de las víctimas.

3.6.1 Ley de protección de testigos víctima antes de 1990

Siempre se ha permitido la restitución a la víctima del delito de condena por importes en la cuenta de convicción. *18 U.S.C. 3651* (la Ley Federal de libertad condicional o FPA) (derogado), *18 U.S.C. 3663 (la ley de protección de testigos de víctima o VWPA).* Restitución a las personas que no sean víctimas de la falta de convicción o por pérdidas no resultantes de la falta de convicción es más problemática.

Antes de la VWPA, restitución fue ordenado bajo la FPA que permitió la restitución a *las* víctimas por *todos* los daños. *Estados Unidos v. martillo*, 967 F.2d 339 (9th CIR. 1992). La FPA se derogó el 01 de noviembre de 1987. El VWPA entró en vigor el 01 de enero de 1983 y parece haber coincidía con la FPA hasta que fue derogada la FPA. El VWPA aplicado solamente a título 18 y ciertas secciones de la Ley Federal de aviación. *Estados Unidos v.Snider*, 957 F.2d 703 (9th CIR. 1992). El VWPA sólo autorizado restitución a la víctima del delito de condena por las pérdidas ocasionadas por el delito, y que no permitió restitución por el acuerdo. *Hughey v. Estados Unidos,* 495 U.S. 411 (1990).

3.6.2 Ley de protección de testigos víctima después de 1990

A partir del 29 de noviembre de 1990 el VWPA fue modificado para permitir la restitución en cualquier criminal caso "a la medida de lo convenido por las partes en un acuerdo de culpabilidad". Esto se ha celebrado no retroactiva debido a problemas de *ex post facto* . *U.S. v. Snider*, 957 F.2d 703 (9th CIR. 1992). Acuerdos para permitir lo contrario inaplicable restitución son una útil herramienta de negociación, pero puede crear una situación donde el acusado es cierto violar libertad condicional y al final para arriba en custodia.

3.6.3 ley de restitución de víctimas obligatoria de 1996

El *obligatorio ley de restitución de las víctimas de 1996 (MVRA), 18 U.S.C. §3663A-3664*, una parte de la ley antiterrorista de 1996, ha cambiado el rostro de restitución, en su mayoría en detrimento de la acusada. El MVRA modificado el VWPA y hace obligatorio, sin tener en cuenta una situación económica acusado s restitución. *Estados Unidos v. Dubose*, 146 F.3d 1141 (9th CIR. 26 de junio de 1998) (celebración de restitución bajo MVRA es castigo pero no viola la octava enmienda prohibición de multas excesivas o castigos crueles e inusuales). Por sus condiciones, el MVRA se aplica en todos los casos. 18 U.S.C. §3663(c)(3).

Los tribunales han dividido sobre si la restitución obligatorio es castigo y por lo tanto sujeto a la cláusula Ex Post Facto. *Ver **Estados Unidos v. Newman**,* 144 F.3d 531 (7th CIR. 1998) (sosteniendo no viola Ex Post Facto cláusula y caracterizar los casos del 2, 9 y circuitos D.C. sosteniendo al contrario como sin razonamiento); ***Dubose**,* (celebración de restitución bajo MVRA es castigo pero no viola la octava enmienda prohibición de multas excesivas o castigos crueles e inusuales). *Comparar **EE Baggett**,* 125 F.3d 1319 (9th CIR. 1997) (indicando que la aplicación retrospectiva de la MVRA viola la cláusula Ex Post Facto).

3.6.4 renuncia de apelación con respecto a la restitución

Donde un acuerdo reconoció que el Tribunal podría ordenar la restitución de una cierta cantidad, y redactará el informe declaró restitución era aplicable, acusado s fracaso al objeto de que el informe o la orden de restitución fue una renuncia del derecho a apelar la restitución. ***EE Allison**,* 59 F.3d 43 (6th CIR. 1995).

3.7 acuerdos de cooperación

Acuerdos de cooperación requieren generalmente el acusado para llevar a cabo un acto en el futuro. Como resultado, debe ser analizados como contratos de trabajo complejo para determinar exactamente lo que el cliente deberá hacer y qué beneficio o riesgo está implicado. Acuerdos de cooperación son a menudo largo y complejo. El texto de la porción de la cooperación de un acuerdo de culpabilidad de la muestra ha sido roto y establecidas en las subpartidas correspondientes abajo..**7.1 tema de la cooperación**

Muestra acuerdo acuerdo idioma

Auto incriminatorias información proporcionada por el acusado durante la cooperación que implique actividad criminal para que él esté cargado, no ha sido acusado o no se cobrará en virtud de este acuerdo no se utilizará para determinar el rango de pauta aplicable del acusado conforme a la sección 1B1.8 de las pautas de sentencia. La gama de pauta se calculará con prueba independiente del gobierno de la cooperación del acusado.

USSG §1B1.8(a) evita el uso de la información proporcionada por el acusado en virtud de un acuerdo de cooperación para determinar la pauta rango *si el gobierno ha decidido no usarlo*, como lo hace el gobierno en el acuerdo de la muestra anterior. En ausencia de un acuerdo **USSG §1B1.8(a)** no usar información, lenguaje repetitivo en un acuerdo de culpabilidad diciendo que el gobierno estaba libre para proporcionar toda

la información pertinente a la corte en la sentencia se llevó a cabo para anular la protección 11(f) **regla 410** y regla de declaraciones formuladas durante una oferta en las negociaciones de la

declaración, aunque el propio acuerdo oferta siempre que no se utilizaría la información. ***Estados Unidos v. Fagge***, 101 F.3d 232 (2nd CIR. 1996). Tenga en cuenta que la información no puede utilizarse para determinar el rango de la pauta, pero otros usos tales como salidas al alza no están específicamente prohibidas. No obstante, algunos tribunales han negado a permitir la acusación de utilizar la información para cualquier propósito que daría como resultado una sentencia más severa. *EE Malvito*, 946 F.2d 1066 (4th CIR. 1991); *Estados Unidos v. Ledesma*, 979 F.2d 816, 820, n.6 (11 Cir.1992) (información divulgada en virtud del acuerdo de culpabilidad no puede ser usado para salida hacia arriba). Recientemente, algunos tribunales han decidido que aunque la información no puede utilizarse para determinar el rango de pauta, puede y debe utilizarse para determinar si una sentencia es razonable en un post*Booker* análisis. Los tribunales están confiando en 18 USC § 3661 que dice que no se colocará ninguna limitación en la información, el tribunal puede recibir y considerar a efectos de la sentencia. *Ver EE Mills*, 329 F.3d 24 (1st Rd. 2003). Además, no toda la información proporcionada por el acusado está protegida. **USSG §1B1.8(b)** específicamente permite el uso de la información si era ya sabe el gobierno, si se trata de condenas previas y se utiliza para determinar antecedentes penales o estatus de delincuentes de carrera, si es para ser utilizado en un enjuiciamiento de perjurio, si ha habido una violación por el acusado, o para determinar si se justifica una salida hacia abajo para asistencia sustancial. La información que se han proporcionado como parte de la cooperación. Las declaraciones de un oficial de libertad condicional en una entrevista de rutina puede no protegido bajo **USSG §1B1.8(a)**. *United State v. Miller*, 910 F.2d 1321, 1325 (6th CIR. 1990); *EE Jarman*, 144 F.3d 912, 914-915 (6th CIR. 1998).

Hay una distinción entre la información proporcionada en virtud de un acuerdo de cooperación y declaraciones formuladas durante las negociaciones fallidas súplica. Tenga en cuenta que la protección de la USSG §1B1.8(a) depende de acuerdo gubernativo, a diferencia de las protecciones de la **regla 410, FRE**y **regla 11(f), FRCrP**, las cuales prohiben el uso de las declaraciones hechas en el curso de las discusiones del alegato con un abogado para que la autoridad fiscal que no resultan en una declaración de culpabilidad.

3.7.5 tipos de promesas hechas por el gobierno

Muestra acuerdo acuerdo idioma

*En la conclusión de la cooperación del acusado, en virtud de este acuerdo, los Estados Unidos, en el momento de la sentencia, moverá en virtud del **título 18, United States Code, sección 3553(e), título 28, United States Code, sección 994(n) y §5K1.1 de las pautas de sentencia** que el Tribunal parten de las directrices y cualquier sentencia mínima aplicable establecido por la ley para reflejar una ayuda importante en la investigación y el enjuiciamiento del acusado. Estados Unidos también traerá la naturaleza y el alcance de la cooperación del acusado a la atención de la corte y el Buró de prisiones, en su caso, en la sentencia o en cualquier otro momento apropiado. Estados Unidos retiene el derecho de hacer una recomendación de sentencia, incluyendo una recomendación que el demandado reciba una sentencia máxima posible prevista en este acuerdo. Estados Unidos además conserva el derecho de asignar en el momento de la sentencia. Acusado entiende que los Estados Unidos traerá a la atención de la corte todos los hechos pertinentes relativos a la participación del acusado en cualquier actividad delictiva y todos los hechos que afectan a los cálculos de las pautas de sentencia.*

En un acuerdo de cooperación, el gobierno puede hace varias clases de promesas. Lo más importante, el gobierno puede prometer presentar una moción para la partida hacia abajo debajo de USSG §5K1.1 de *asistencia substancial*. Sin este movimiento, no hay ningún beneficio al acusado en la mayoría de los casos. Tenga en cuenta que con el fin de permitir la salida por debajo del mínimo legal obligatorio, el gobierno también debe moverse para salida conforme a 18 U.S.C. §3553(e). Meléndez v. Estados Unidos, 518 US 120 (1996) (movimiento gobierno confirmando asistencia substancial de la acusada en una investigación criminal y solicitando que la corte de districto salen por debajo del mínimo de la aplicable *gama sentencia pauta* no autoriza también al tribunal que salen por debajo de una menor *sentencia mínima legal*). El gobierno también debería aceptar traer cooperación del acusado a la atención del Tribunal, incluyendo por lo menos todos los criterios que USSG §5K1.1(a) enumera como significativos, tales como veracidad, integridad, confiabilidad, naturaleza y alcance de la asistencia, lesión o peligro al acusado o su familia y puntualidad. Sin embargo, después de que los movimientos de salida han sido realizados por el gobierno, salida hacia abajo por el Tribunal es discrecional, no es obligatorio. La corte de apelaciones no tiene jurisdicción para revisar decisión discrecional del Tribunal para rechazar la salida hacia abajo debajo de **§5K1.1**. *EE Castellanos*, 904 F.2d 1490, 1497 (11 Cir.1990); *Estados Unidos v. Vizcarra-Angulo*, 904 F.2d 22 (Cir.1990 9) (igual); *Estados Unidos v. Muñoz*, 946 F.2d 729, 730-31 (10 Cir.1991) citando **EE Richardson**, 939 F.2d 135, 139-140 (4th Cir.1991) *CERT negó*, 502 Estados Unidos 1061 (1992) (**§5K1.1** salida ayuda sustancial es discrecional); *Estados Unidos v. Miro*, 29 F.3d 194 (5th Cir. 1994). *Véase también EE Hayes*, 939 F.2d 509, 511-13 (7 Cir.1991) (interpretación **18**

U.S.C. §3553(e)). Por lo tanto parece no haber ningún alivio del órgano de apelación si el acusado es un movimiento §5K1.1 de la fiscalía, pero el Tribunal se niega a salir. Si, por otro lado, el gobierno se compromete a hacer un movimiento de tal pero es incapaz de hacer tan puede haber alivio bajo ciertas circunstancias. *Ver*Sección 3.7.9, abajo. El gobierno también puede reservar el derecho de hacer una *recomendación* basada en la cooperación. Siempre que sea posible, esto debería ser dentro de un intervalo específico de negociados. O el gobierno podrá acordar una *tapa* bajo regla **11(c)(1)(C)** algo que no hiciste en el lenguaje anterior. Esto siempre es importante y podría ser más importante si hay una violación del acuerdo. Si la petición está bajo **regla 11(e)(1)(C)** (oración específica) el juez debe honrar el acuerdo o permitir al demandado a retirar. *EE Fernandez*, 960 F.2d 771 (9th CIR. 1992).

Tenga en cuenta que una disposición como la anteriormente diciendo que el gobierno estaba libre para proporcionar toda la información pertinente a la corte en la sentencia fue sostenido para anular la naturaleza protegida de las declaraciones realizadas durante una oferta en las negociaciones de la declaración, aunque el propio acuerdo oferta siempre que no se utilizaría la información. *Estados Unidos v. Fagge*, 101 F.3d 232 (2nd CIR. 1996) (discutido en la sección 3.7.4). Bajo la misma teoría, es decir que el acuerdo de contrato modifica los acuerdos anteriores, el Gobierno posiblemente podría proporcionar la corte con la información obtenida durante la cooperación bajo una promesa de confidencialidad.

3.7.6 sincronización de procedimientos de sentencia

Muestra acuerdo acuerdo idioma

La declaración de culpabilidad se inscribirán tan pronto como sea posible, pero la condena en la declaración de culpabilidad se aplazará, con el consentimiento del Tribunal, por un período de un año desde la entrada de la declaración de culpabilidad y al movimiento del gobierno y la concurrencia de la corte, por un período más allá de ese año. Es la intención de las partes que la sentencia sobre los cargos inmediatos posponerse hasta que la cooperación del acusado y se han completado todas las acciones de confiscación de bienes relacionados.

El acuerdo establece que la sentencia se retrasará para beneficio de ambas partes. El gobierno quiere tiempo para acusado a trabajar, y el acusado más trabajo para mostrar la corte. Debe haber un límite en la capacidad de la corte y del gobierno para retrasar la sentencia. Bajo este acuerdo, el tribunal puede rechazar un aplazamiento pasado un año y puede forzar la condena a seguir adelante.

3.7.7 determinación del incumplimiento del contrato

Muestra acuerdo acuerdo idioma

Si hay una disputa con respecto a las obligaciones de las partes bajo este acuerdo, el Tribunal de distrito de Estados Unidos deberá determinar si los Estados Unidos o el demandado no ha cumplido con este acuerdo, incluso si el acusado ha sido sincero. No afectará los métodos de los Estados Unidos de verificar la veracidad de las declaraciones del acusado. Como parte de este proceso, en la discreción de los Estados Unidos, el acusado se compromete a someterse a un examen de polígrafo para verificar cualquier información que el acusado puede proporcionar a los Estados Unidos, incluyendo pero no limitado a los bienes del acusado. Dicho examen se realizará por un poligrafista elegido y realizado de una manera determinada a la discreción de los Estados Unidos. Ninguna de las partes deberá oponerse a la admisibilidad de evidencia de los resultados de dicho examen en cualquier procedimiento para hacer cumplir o dejar de lado este acuerdo que cumpliendo con los términos de este acuerdo están en cuestión.

El incumplimiento habitual en casos de cooperación es fracaso para declarar verazmente. El acuerdo establece que el Tribunal hace la determinación final sobre el incumplimiento. Otras formas del acuerdo exigen al gobierno que haga una determinación de "buena fe" en verdad, que también puede conducir a una audiencia. La carga de la prueba sobre si el acuerdo fue violado es generalmente sobre la persona que se alega el incumplimiento. Por ejemplo, antes de que el gobierno puede negarse a cumplir con sus obligaciones bajo un acuerdo de culpabilidad, debe establecer incumplimiento del demandado por una preponderancia de la evidencia. Véase, por ejemplo, *EE Crowell*, 997 F.2d 146, 148 (6th Cir.1993); *EE Tilley*, F.2d 964 66, 71 (1er Cir.1992); *EE Verrusio*, 803 F.2d 885, 894 (7 Cir.1986). Sin embargo, la carga se puede, en cierto sentido, invertir en un caso de asistencia substancial. Donde el acusado está reclamando que el gobierno violó el acuerdo al no moverse para obtener ayuda, el acusado tendrá que demostrar primero por una preponderancia de la evidencia que él proporcionó el grado de asistencia contemplada por el acuerdo. *EE Conner*, 930 F.2d 1073, 1076 (4th Ave. 1991). El acuerdo muestra permite al gobierno exigir un examen de polígrafo. No condicione el acuerdo de aprobar el examen, pero hace que el examen admisible en una audiencia sobre el cumplimiento. Para contrarrestar esto, la defensa debe intentar insertar un acuerdo que permite la defensa presentar sus propias pruebas de polígrafo. En un caso basado en un acuerdo similar, el gobierno introdujo en el juicio una confesión hecha por un cooperante acusado cuyo trato había caído a través después de que fracasó un polígrafo. El noveno circuito originalmente mostró su aversión de polígrafos declarando que las declaraciones hechas en un acuerdo de cooperación condicionado por un detector de mentiras eran involuntarias y no podían utilizarse después acusado falló la prueba del polígrafo, describir los resultados de un polígrafo como fuera de control del demandado y poco confiable. *Estados Unidos v. Escamilla*, 966 F.2d 465 (9th CIR. 1992) (retirado opinión). Por desgracia, esa opinión fue retirada y sustituida por uno más estrecho que se centró en la redacción del acuerdo, señalando que el acusado tenía no específicamente *acordaron* que su confesión sería admisible si falló la prueba del polígrafo. *Estados Unidos v. Escamilla*, 975 F.2d 568 (9th CIR. 1992). Recientemente, el noveno circuito ha tomado una visión más liberal, pero todavía hostil, de polígrafos en *Daubert*. *Estados Unidos v. Cordova*, 104 F.3d 225 (9th CIR. 1997). (Hacer [W] e no espera que los exámenes de polígrafo son científicamente válidos o que ellos siempre ayudarán el verificador de los hechos... Simplemente quitamos el obstáculo de la regla propiamente contra la admisibilidad, que se basa en conceptos anticuados sobre la capacidad técnica de la prueba del polígrafo y preceptos legales que han sido expresamente revocados por el Tribunal Supremo.) Véase también *EE Posado*, 57 F.3d 428, 431-34 (5 Cir.1995).

3.7.8 sanciones por incumplimiento por parte del demandado

Muestra acuerdo acuerdo idioma

Si el demandado es incapaz de cumplir con cualquier obligación o prometer en virtud de este acuerdo, los Estados Unidos: 1) podrán declarar, en su discreción, cualquier disposición de este nulo acuerdo y

vacío según [el párrafo pidiendo al tribunal que determine el incumplimiento] y el demandado entiende que él/ella no se permitirá retirar su declaración de culpabilidad en relación con este acuerdo; 2) pueden acusar y enjuiciar a los acusados de cualquier delito conocido a Estados Unidos para que él es responsable, incluyendo todos los delitos cometidos en virtud de su falta de
cooperar, y el acusado renuncia a cualquier estatuto de limitaciones, acto de juicio rápido y restricciones constitucionales para llevar cargas después de la ejecución del presente acuerdo; 3) puede abogar por una pena máxima para los delitos que acusado se declara culpable; 4) puede utilizar cualquier acusación alguna información, declaraciones, documentos y pruebas aportadas por el acusado tanto antes como después del acuerdo incluyendo pruebas derivadas; 5) puede aconsejar el Buró de prisiones que el acusado ya no es un testigo y recomendamos redesignación del acusado a un nivel superior de custodia.

El acuerdo indica que "ninguna disposición" puede ser declarado nulo por el gobierno, sujeto a la revisión de la violación alegada por el tribunal. La cláusula de doble riesgo no impide que dejando de lado una súplica y reintegro de gastos en caso de incumplimiento. ***Ricketts v. Adamson***, 483 US 1, 9-10 (1987). Pero los remedios s gobierno parecen estar limitadas por varios casos. Por ejemplo, esta parte dice que el acusado no puede retirar su declaración. Sin embargo, si la declaración está bajo **regla 11(c)(1)(C)** (para una oración específica) el juez debe honrar el acuerdo o permitir al demandado a retirar su declaración. ***Estados Unidos v. Fernandez***, 960 F.2d 771 (9th CIR. 1992). También dice que el gobierno puede utilizar cualquier información proporcionada por el demandado contra el acusado. Sin embargo, el noveno circuito ha impedido tal uso donde la violación fue fracaso para pasar el polígrafo, en ausencia de un acuerdo específico para permitir dicho uso. ***Estados Unidos v. Escamilla***, 975 F.2d 568 (9th CIR. 1992). No obstante, el empuje de esta parte es claramente que todo beneficio se perderá en caso de incumplimiento por el acusado.

3.7.9 Remedios por incumplimiento por parte del gobierno

Cuando la Fiscalía viola un acuerdo de culpabilidad, el incumplimiento puede remediarse por cualquier rendimiento específico del acuerdo o por permitir al demandado a retirar la declaración. *EE Skidmore*, 998 F.2d 372, 375 (6th CIR. 1993). Donde el gobierno se compromete a presentar un **§5K1.1** movimiento *si* el acusado proporciona ayuda sustancial, la falta de gobierno s archivo después de determinar que la asistencia no era sustancial no es una violación. *Estados Unidos v. precio*, F.3d 95 364 (5th Cir. 1996); *Estados Unidos v. caballero*, 96 F.3d 307 (8th CIR. 1996), tales denegaciones son revisados por el Tribunal de distrito sólo sobre una base limitada, para determinar si la negativa era arbitraria o se basó en un motivo inconstitucional (*por ejemplo*, la discriminación racial). Wade v. Estados Unidos, 504 U.S. 181 (1992). *Ver Estados Unidos v. rey*, 62 F.3d 891, 894, n.2 (7th CIR. 1995) (negarse a revisar fallo hacer movimiento, pero teniendo en cuenta que algunos tribunales decirlo puede ser revisable si irracional o retenidos en mala fe). *Véase también Estados Unidos v. De la Fuente*, 8 F.3d 1333 (9th CIR. 1993) (movimiento apartarse del mínimo legal no podría ser retenida dónde hacerlo implicaría mala fe por parte del gobierno porque el acusado no iba a recibir ningún beneficio para su cooperación); *EE Moore*, 225 F.3d 637, 641 (6th CIR. 2000) (tribunal sólo puede revisar la decisión del gobierno es por motivos de inconstitucionalidad).

Donde el gobierno se compromete a recomendar una reducción si el acusado es veraz cuando interrogado por los agentes, el fracaso del gobierno s a interrogar al acusado antes de su sentencia es una violación del acuerdo, particularmente donde el interrogatorio pudieron permitir al acusado satisfacer el requisito restante uno que necesitaba para la protección de la válvula de seguridad. *Estados Unidos v. Beltran-Ortiz*, F.3d 91 665 (4th CIR. 1996). El acuerdo de gobierno s para moverse por 5K1.1 salida si el acusado prestó asistencia substancial obligó al gobierno a otorgar al acusado la *oportunidad* de proveer tal asistencia. *Estados Unidos v. Laday*, F.3d 56 24 (5th Cir. 1995).

Aunque acusado cambió su declaración de nolo contendere y negaba conocimiento de gran parte de la actividad delictiva, el gobierno sabía cuando enmendó el acuerdo para permitir que el alegato de nolo. El acuerdo modificado todavía incluye la provisión de asistencia sustancial y así el gobierno estaba obligado a llevar a cabo y permitir acusado intentar cooperar en gobierno accedió a presentar una moción de la regla 35 detallando el alcance de la cooperación posterior sentencia de los acusados, pero no eran los detalles de la cooperación en el movimiento por razones de seguridad y el Tribunal se negó a conceder una audiencia probatoria sobre la moción, el gobierno le impidió efectivamente que presenta la moción del artículo 35 y se rompió el acuerdo. *Estados Unidos v. Hernández*, 34 F.3d 998 (11th CIR. 1994) (caso surgió en la apelación de la negación de la propuesta **regla 35** y la corte de Apelaciones desocupado y encarcelado por una audiencia probatoria).

3.8 acuerdos sobre deportación

Una política de vía rápida que permite ilegales acusados de reingreso para estipular un año dos oración y renuncia a apelar con arreglo a **8 U.S.C. § 1326(a)** (simple reingreso después de

deportación), para evitar 1326(b) (reingreso después de deportación con condena por delito mayor), no mostró ninguna intención discriminatoria y aprobó la Asamblea constitucional. *EE Estrada-Plata,* 57 F.3d 757 (9th Cir.1995).**(véase también sección 6.2, abajo)**

Exenciones: Ensayo, Brady, apelación y garantía

La sección de renuncia de un acuerdo de culpabilidad cubre generalmente dos tipos distintos de las exenciones. En primer lugar, es el conjunto de exenciones no negociable que debe acompañar a cualquier declaración de culpabilidad, como la renuncia a su derecho a juicio. En segundo lugar, hay algo más negociable conjunto de exenciones que la Fiscalía intenta extraer a cambio de la culpabilidad, como la renuncia al derecho de apelación.

4.1 renuncia a juicio y derechos

Las secciones de exención general de los acuerdos de la declaración varían desde mínimos al extenso. Continuación se exponen algunos párrafos muestra una sección bastante larga renuncia.

Muestra acuerdo acuerdo idioma

Asesoramiento por abogado: He leído cada uno de lo dispuesto en el acuerdo de culpabilidad con la asistencia de un abogado y yo lo entiendo. He discutido con mi abogado el caso y mi constitucional y otros derechos. Me ha aconsejado por mi abogado de la naturaleza de la carga [s], de la naturaleza y alcance de la sentencia posible, y que mi sentencia definitiva se determinará según las directrices promulgaron en virtud de la ley de reforma de sentencias de 1984. Estoy satisfecho que mi abogado me ha representado de una manera competente.

Exención de derechos a un juicio: entiendo que introduciendo mi súplica de culpable daré mis derechos a declararse no culpable, a juicio por jurado, confrontar, contrainterrogar y obligar a la comparecencia de testigos, presentar pruebas en mi defensa, a permanecer en silencio y se niegan a ser un testigo contra mí mismo afirmando mi privilegio contra la autoincriminación todos con la asistencia de un abogado y a que se presuma inocente hasta que se demuestre su culpabilidad más allá de una duda razonable.

Actuar por propia voluntad con la mente clara: Mi culpabilidad no es el resultado de la fuerza, las amenazas, las garantías o promesas que no sean las promesas contenidas en el presente acuerdo. Estoy de acuerdo con las disposiciones de este acuerdo como un acto voluntario de mi parte, en lugar de la dirección de o debido a la recomendación de cualquier otra persona, y estoy de acuerdo en obligarse conforme a sus disposiciones. Ahora no estoy en o bajo la influencia de alguna droga, medicamento, licor, o intoxicante o depresivo, que afectaría a mi habilidad para entender completamente los términos y condiciones de este acuerdo.

Cláusula de fusión: estoy de acuerdo que este acuerdo escrito contiene todos los términos y condiciones de mi súplica y que las promesas hechas por cualquier persona (incluyendo mi abogado), y específicamente cualquier predicción en cuanto a la gama de pauta aplicable, que no está contenidos dentro de este acuerdo escrito sin fuerza y efecto y es nulus e.

Regla 11, FRCrP, establece una lista de cosas de las cuales la corte debe avisar al acusado, incluyendo información sobre las sanciones que podrían imponerse, el derecho de representación (sin costo alguno si es necesario), el derecho de ir a juicios y consiguientes derechos, el efecto de una declaración de culpabilidad sobre esos derechos y una advertencia de testificar bajo juramento. Jurisprudencia identifica aviso de tres derechos específicos como esencial constitucionalmente el derecho a confrontar a acusadores, el derecho a un juicio por jurado y el privilegio contra la autoincriminación obligatoria. ***Boykin v. Alabama***, 395 U.S. 238 (1969). La provisión de todo arriba cubre los derechos de la regla 11 y Boykin no cubiertos en otras partes en un contrato típico. Algunos abogados no les gusta la referencia a su competencia, pero el acusado a menudo se pedirá esa pregunta por el juez en una forma u otra durante el Coloquio de todos modos.

Este acuerdo renuncia a muchos de la operadora de los derechos en juicio. Algunos acuerdos de súplica ir más lejos y contienen una exención de los derechos de la sentencia, tales como el derecho a buscar una salida hacia abajo. Aunque tales renuncias se han vuelto comunes en casos de inmigración, es también comenzar a aparecer en otros tipos de casos.

4.2 renuncia de Brady Material previa petición

El gobierno puede requerir un acusado renunciar a su derecho de Brady a la divulgación de pruebas de la acusación como condición para un acuerdo de culpabilidad. ***EE Ruiz*** , 536 U.S. 622 (2002). En Ruiz, el acusado se negó a aceptar un acuerdo de "fast track", bajo el cual gobierno recomendaría salida hacia abajo bajo los lineamientos de la sentencia si se declaró culpable, porque contenía renuncia de Brady a la divulgación de pruebas de la acusación. Acusado finalmente entraron en una declaración de culpabilidad sin un acuerdo, entonces apeló, desafiando a la negativa del gobierno a recomendar y la negativa del Tribunal a conceder, salida hacia abajo. Tenga en cuenta la postura procesal impar: Ruiz en realidad se negó a entrar en un acuerdo de culpabilidad, se declaró hacia arriba, y luego se quejó de que su declaración fue involuntario porque ella habría entrado al acuerdo (y redujo su sentencia) si el gobierno no hubiera negado inconstitucionalmente a proceder sin una renuncia de *Brady* . No obstante, la Corte Suprema de este tratado como un problema de la voluntariedad de la súplica y sostuvo que (1) la Constitución no exige gobierno a revelar información de acusación antes de entrar en acuerdo con acusado criminal; y acuerdo (2) que requieren acusado de renunciar a su derecho a recibir información del gobierno en relación con cualquier "defensa afirmativa" se crió en el juicio no violó la Constitución. En cuanto a ambos tipos de información, el Tribunal sostuvo que la Constitución no exige que proporcionarse al acusado antes de la petición de negociación principalmente porque la necesidad de esta información está más estrechamente relacionada con la *imparcialidad de un juicio* que a la *voluntariedad de la súplica*. *EE Ruiz* , 536 U.S. 622, 632 (2002). Divulgación de material Brady todavía puede ser necesaria antes de una súplica. El séptimo circuito afirmó que la Corte Suprema tiene aún por resolver, sin embargo, si la cláusula de debido proceso exige revelar información [*Brady*] fuera del contexto de un ensayo y que Ruiz en realidad indica que tal afirmación podría ser viable en ciertos casos. *McCann v. Mangialardi*, 337 F.3d 782, 787 (7th CIR. 2003). El análisis es interesante: en sostener que la cláusula de debido proceso no obliga al gobierno a revelar información de acusación antes de la entrada de la culpabilidad de un acusado criminal, la corte en Ruiz razonó que era "particularmente difícil de caracterizar información destitución como información crítica de que el acusado debe estar siempre consciente antes de declararse culpable..." 536 EEUU en 630, 122 S.Ct. 2450 (énfasis agregado). La corte también señaló que "el acuerdo propuesto en cuestión... especifica el Gobierno aportará 'cualquier información establecer la inocencia del acusado, factual'" id. en 631, 122 S.Ct. 2450, y "hecho de sombrero [t], junto con otras garantías de culpabilidad... disminuye la fuerza de la preocupación del acusado que, en ausencia de la información del proceso de destitución, personas inocentes acusadas de delitos se declarará culpables." ID. <u>por lo tanto, Ruiz indica una distinción importante entre la destitución información y evidencia exculpatoria de inocencia real</u>. Teniendo en cuenta esta distinción, es muy probable que la Corte Suprema encontraría una violación de la cláusula de debido proceso si los fiscales u otros actores relevantes del gobierno tienen conocimiento de inocente fáctica un criminal acusado es pero fallan a revelar dicha información a un acusado antes de que entra en una declaración de culpabilidad. *Id* al 787-788 (énfasis agregado). Los tribunales no todos han tratado Ruiz como una aprobación de manta para todo tipo de información que falta antes de una súplica. Por ejemplo, el noveno circuito sostuvo que Ruiz no impidió que alivio donde el acusado fue engañado para creer que la cantidad de droga necesaria para probarse solamente por la preponderancia de la evidencia, sosteniendo que la verdadera carga de la prueba va directamente a la naturaleza de la acusación contra Villalobos y a la voluntariedad de su alegato y correctamente se caracteriza por ser información crítica de que el acusado debe estar siempre consciente antes de declararse culpable. **EE Villalobos**, 333 F.3d 1070, 1075 n. 6 (9th CIR. 2003).

4.3 renuncia de apelación

Renuncia de recurso es un desarrollo bastante reciente. Cada vez más se está volviendo una parte no negociable del acuerdo. Los tribunales de apelación generalmente a favor de la renuncia. Una renuncia de apelación muestra a continuación:

Muestra acuerdo acuerdo idioma

*Acusado renuncia a cualquier derecho a elevar o apelar cualquier y todos movimientos, defensas, las determinaciones de causa probable y objeciones que acusado ha afirmado o podría afirmar a esta acusación y a la entrada del Tribunal de juicio contra el acusado y la imposición de sentencia al demandado de conformidad con este acuerdo. Acusado más renuncia a cualquier derecho de apelación de imposición de este Tribunal de sentencia sobre él bajo **título 18, United States Code, sección 3742** (sentencia apelaciones).*

4.3.1 límites legales sobre derecho a la apelación.

Aunque los acusados que se declara no culpables tienen derecho a apelar su condena, incluyendo decisiones sobre cosas tales como mociones previas bajo **regla 32(j)(1)(A), FRCrP**, un acusado que se declara culpable tiene sólo un limitado derecho a apelar una sentencia bajo **regla 32(j)(1)(B), FRCrP,** y

18 U.S.C. 3742(a). Los acusados pueden apelar cuando la oración (1) viola la ley, (2) se basa en la aplicación incorrecta de la pauta, (3) es mayor de lo que permiten las pautas, o (4) es por un crimen que no tiene ninguna pauta y es claramente irrazonable. Otras restricciones que se aplican en el caso de un acuerdo bajo sentencia estipula **regla 11(c)(1)(C)** se establecen en *18 U.S.C. 3742(c)(1).* En general, apelaciones bajo piezas (3) y (4) anterior sentencia sobre directrices o sentencia irrazonable y ninguna pauta no se permiten si no se supera la pena estipulada.

4.3.2 condicionales súplicas

Con el consentimiento de la corte y el gobierno, el acusado puede declararse culpable y reserva por escrito el derecho de apelar una determinación adversa de un movimiento especificado antes del juicio. **11(a)(2)**, FRCrP la regla. Una declaración de culpabilidad condicional conlleva el requisito especial que ser por escrito, así que puede hacer un registro preciso tanto del hecho de que el gobierno s consentimiento y el movimiento especificado antes del juicio, **regla 11(a)(2)**, que el acusado reserva el derecho a impugnar. *EE Herrera*, 265 F.3d 349 351 (6th CIR. 2001) la regla coloca un deber afirmativo sobre el acusado para preservar cualquier cuestiones colaterales a la determinación de culpabilidad o inocencia especificando los en el acuerdo se. *EE Ormsby*, 252 F.3d 844, 848 (6th CIR. 2001)

4.3.3 renuncias defensa de los derechos de apelación son generalmente efectivas.

En general, una renuncia expresa del derecho a la apelación de un acuerdo negociado es válida. *Estados Unidos v. Schmidt*, F.3d 47 188 (7 Cir.1995) citando *EE Bushert*, 997 F.2d 1343, 1347-50 (11th Cir...1993), *CERT negó*, 513 1051 de Estados Unidos (1994); *EE Melancon*, 972 F.2d 566, 567-68 (v Cir.1992); *EE Rivera*, 971 F.2d 876, 896 (2d Cir.1992); *EE Rutan*F.2d 956 827, 829 (8 Cir.1992); *EE Navarro-Botello,* 912 F.2d 318, 321-22 (9 Cir.1990**), CERT negada**, 503 Estados Unidos 942, 112 S.Ct. 1488, 117 35 L.Ed.2d 629 (1992); *EE Wiggins*, 905 F.2d 51, 52-54 (4 Cir.1990); *véase también EE Hendrickson*, 22 F.3d 170, 174 (7th ave...1994), *CERT negó*, 513 898 de Estados Unidos (1994) (no encontrar ninguna renuncia del derecho a la apelación porque una renuncia "debe ser expresa e inequívoca"); *Griffen v. Estados Unidos,* 109 F.3d 1217 (7th CIR. 1997) (que permite una acción de habeas proceder respecto a si renuncia fue el resultado de asistencia letrada ineficaz). El remedio para una cláusula de exención válido es ruptura de la cláusula de no anulación de la declaración. Así el acusado puede apelar, pero el acuerdo y sentencia siguen en vigor a menos que la apelación tiene éxito. *EE Bushert*, 997 F.2d 1343, 1350-54 (11th Cir...1993), *CERT negó*, 513 1051 de Estados Unidos (1994).

4.3.4 apelación renuncia debe ser voluntaria y sabiendo

Una renuncia de apelación debe ser voluntaria y saber. *Estados Unidos v. Bushert*, 997 F.2d 1343, 1350-54 (11 Cir.1993), *CERT negó*, 513 1051 de Estados Unidos (1994). La renuncia es saber si el Tribunal informa demandado de la renuncia o si es manifiestamente claro a que el acusado entienden el significado pleno de renuncia. *ID.*; *EE Marin*961 F.2d 493, 496 (4th Cir...1992). *véase también EE Benitez Zapata*, 131 F.3d 1444 (11th CIR. 1997) (sosteniendo que renuncia se mantendrá si: (1) el Tribunal de distrito interrogado específicamente al acusado sobre la renuncia en el coloquio, o (2) el registro muestra claramente que el acusado entiende el significado completo de la renuncia). El quinto circuito ha mantenido una renuncia en un acuerdo escrito, incluso donde el Tribunal no asesorar al acusado de la exención, en ausencia de cualquier indicación de que el acusado no lo entendió. *EE Portillo*, 18 F.2d 290, (5th Cir. 1994), *CERT negó*, 513 U.S.893 (1994); *Accord, EE Michelsen*, 141 f3d 868 (8th CIR. 1998). Ver *EE Agee*, 83 F.3d 882 (7th CIR. 1996) (diálogo específico acusado no necesitado); *EE Michlin*F.3d 34 896, 898 (Cir.1994 9) (bueno aunque el Tribunal no aconseja específicamente acusado de disposición renuncia renuncia). Por otra parte, una renuncia fue abatida en el Coloquio señala que el acusado no realmente entendía lo aun cuando estaba en el acuerdo por escrito. *Estados Unidos v. Baty*, F.2d 980 977 (5th Cir. 1992), *CERT negó*, 508 Estados Unidos 956 (1993). El XI circuito ha celebrado, a menos que haya una indicación clara manifiestamente en el expediente que el acusado entiende el significado pleno de su renuncia a apelar, la falta de suficiente investigación realizada por el Tribunal de distrito durante la audiencia de la regla 11 sería error e invalidaría la renuncia de apelación. *Estados Unidos v. Bushert*, 997 F.2d 1343, 1352 (11th CIR. 1993), *CERT negó*, 513 1051 de Estados Unidos (1994). El noveno circuito rechaza este argumento, diciendo que no es necesario un coloquio de la regla 11 sobre la renuncia de apelación, y que un hallazgo que la renuncia es voluntaria y saber puede basarse en el texto del acuerdo, el hecho de que la renuncia es mencionada en el informe redactará y la presunción de que el abogado ha discutido en ambos casos con el acusado. *EE DeSantiago-Martinez*, 38 F.3d 394, 395 (9th CIR. 1992), *CERT negó*, 513 1128 de Estados Unidos (1995).

Nota que si la corte informa a un acusado no *tiene* un derecho de apelación, que puede anular una exención en el acuerdo de culpabilidad, *Estados Unidos v. Buchanan*, 59 F.3d 914, 917 (9th Ave. 1996), el Consejo s juzgado indique alguna duda sobre el derecho de apelar. *EE Martinez*, 143 F.3d 1266, 1272 (9th CIR. 1998). *Pero ver Estados Unidos v. Michelsen*, 141 F.3d 867 (8th CIR. 1998) (donde Consejo del derecho de apelación vino en el momento de la sentencia, era irrelevante para la decisión anterior a declararse). El resultado puede ser diferente si el fiscal hace una objeción oportuna al Consejo s del Tribunal, incluso si el Tribunal se niega a cambiar. También hay una posibilidad de renuncia implícita de un acusado s apelación derechos sobre ciertos temas. Los tribunales han sostenido en los numerosos casos que un *acusado* renuncia a cualquier objeción que fracasa en el Tribunal de distrito. Véase, por ejemplo, *EE Belden*, 957 F.2d 671 (9th CIR. 1992), *CERT negó*, 506 Estados Unidos 882 (1992).

4.3.5 algunos documentos de apelación pueden ser válidos

Un desafío jurisdiccional basado en una acusación defectuosa no se renuncia por la renuncia del derecho a la apelación en un acuerdo de culpabilidad. *Estados Unidos v. Ruelas*, 106 F.3d 1416 (9th CIR. 1997), ni una renuncia evitará una apelación "donde la condena impuesta no es conforme al acuerdo negociado". *Navarro-Botello, supra* en 321. Si la sentencia está fuera del rango acordado, es nula la cláusula de renuncia y acusado puede apelar a todos los aspectos de la sentencia, incluso aquellos que no violó el acuerdo de culpabilidad. **EE Haggard**, 41 F.3d 1320, 1325 (9th Cir...1994). por otro lado, si la sentencia no exceda un límite acordado, renuncia es eficaz aunque la sentencia excede las pautas y no está debidamente justificada como una salida. *Bollinger EE*, 940 F.2d 478 (9th CIR. 1991). Así, al menos en el noveno circuito, cualquier acuerdo que una gorra, en combinación con una renuncia, da la licencia de corte para hacer caso omiso de las directrices como honra a la tapa. Apelación a pesar de la renuncia fue permitido en *EE Kelly*F.2d 974 22 (5th Cir. 1992), donde el término de liberación supervisada excedido el máximo legal. *Véase también EE Bushert*, 997 F.2d 1343, 1350-54 (11 Cir.1993) (no es aplicable si sentencia excede la pena máxima contemplada por estatuto o viola la igualdad de protección o viola el acuerdo de renuncia). *Véase también EE Broughton-Jones*, 71 F.3d 1143 1147 (4th CIR. 1995) (que permite apelar a pesar de la renuncia donde acusado alegó que restitución superó la cantidad permitida por la ley, haciendo de este similar a un reclamo de una sentencia sobre el máximo legal de*); EE Zink*, 107 F.3d 716 (9th CIR. 1997) (siguiendo *EE Catherine*, 55 F.3d 1462 (9th CIR. 1995) y *EE listo*, 82 F.3d 551 (2d Cir. 1996)) (demandado que renuncie a su derecho a apelar una sentencia que no ha renunciado su derecho a la restitución de la apelación, donde el acuerdo tenía referencias específicas a las directrices y penas máximas, pero sin referencias a la restitucióny restitución estaba fuera de las pautas, pero tenga en cuenta que la corte también *dijo* Zink podría apelar, que pudo haber tenido algún efecto en la decisión). Renuncia de apelación puede ser sujeto a ciertas excepciones como los reclamos de violación de los acuerdo de culpabilidad, la disparidad racial en la sentencia entre los coacusados, o ilegal sentencia superior al máximo legal. *Estados Unidos v. Baramdyka*, 95 F.3d 840 (9th CIR. 1996), 117 S.Ct. 1282 (1997). *Baramdyka* fue citado en *EE Martinez*, 143 F.3d 1266, 1270-71 (9th CIR. 1998) para la proposición que suele ser una renuncia exigible si el idioma de la exención abarca el acusado s derecho a apelación en los terrenos reclamó en la apelación. Esto es razonable, pero algo circular. También se permite apelación donde la violación de derechos recurridas de produce *después de* la renuncia, como donde un acusado podría decirse que fue negado counsel en sentencia después de abogado se retiró. *EE Attar*, 38 F.3d 727, 732 (4th CIR. 1994). Parece ser difícil para el gobierno de renunciar a la renuncia de s del acusado. En un caso, el gobierno no levantó la cuestión de la renuncia del demandado en su escrito a la corte de Apelaciones. La corte notó la cláusula *sua sponte*, encontró que era válida y se negó a llegar a los méritos del argumento del acusado. *EE Schmidt*, F.3d 47 188, 190 (Cir.1995 7). La disidencia sugirió que si el gobierno no decidió quienes sostienen que el acusado ha renunciado a los derechos de apelación, esta decisión (de renunciar a la cláusula de renuncia) debe ser respetada por el tribunal. *ID.*, (Ripple, J. en disidencia). *Véase también EE Doe*, 53 F.3d 1081, 1082-83 (9th CIR. 1995) (observando la regla general que corte no abordará la renuncia si no planteadas por el partido de oposición aunque en un caso donde el Gobierno instó a la corte para alcanzar los méritos).

4.3.6 renuncia gobierno derechos de apelación

El XI circuito ha encontrado una renuncia implícita del derecho a la apelación donde el fiscal coincidieron en que el Tribunal tenía discreción y no se opuso a la salida hacia abajo. ***Estados Unidos v. Prickett***, 898 F.2d 130 (11th CIR. 1990). Sin embargo, el noveno circuito ha encontrado una excepción para permitir al gobierno recurrir donde hubo error llano y la "injusticia". ***U.S. v. Snider***, 957 F.2d 703 (9th CIR. 1992). El gobierno también podría impedir apelando a ciertos tipos de errores si la sentencia no sea inferior a la convenida "oración específica". ***18 U.S.C. §3742(c)(2).***

4.4 renuncia de revisión colateral

Muestra acuerdo acuerdo idioma

*Además, acusado renuncia a cualquier derecho a criar, apelar o presentar cualquier escrituras después de la condena de hábeas corpus o **coram nobis** relativa a cualquier y toda mociones, defensas, audiencias, las determinaciones de causa probable y objeciones que acusado ha afirmado o podría afirmar que esta acusación o a la entrada del Tribunal de juicio contra el acusado y la imposición de sentencia al acusado consistente con este acuerdo.*

Además de renunciar a la apelación directa, la disposición anterior pretende renunciar a cualquier tipo de alivio de convicción puesto como recurso de hábeas corpus. Esto puede crear un problema ético, como el abogado que asesora al cliente a entrar en la declaración de culpabilidad es probablemente el mismo abogado que el cliente llamaría a abogado ineficaz en una acción después de la condena. ¿Puede que el abogado éticamente asesorar al cliente de renunciar a la demanda potencial contra el abogado? Algunos colegios de abogados han emitido opiniones Consultiva de ética sobre esta cuestión, pero la situación no está clara. A raíz de esas opiniones, algunos defensores han buscado opiniones sobre el mismo tema de sus comités de barra de estado. El quinto circuito ha defendido las renuncias de alivio colateral. *Estados Unidos v. Wilkes*, 20 F.3d 651 (5th Cir. 1994). Sin embargo, renuncia a apelación no incluye renuncia de ineficiente a abogado demanda bajo **21 U.S.C. § 2255**. *EE Pruitt*, 32 F.3d 431, 433 (9th CIR. 1994). Despido de una apelación por motivos de renuncia sería inapropiado donde acusado archivos una moción para retirar de la súplica porque la renuncia fue desestimada por ineficaz asistencia de un abogado. *EE precio*F.3d 95 364, 369 (5th Cir. 1996) (aunque precio recurso fue desestimado porque lo hizo *no* archivo una moción para retirar). El noveno circuito también ha enfrentado el problema de abogado asesorando a un acusado de renunciar a reivindicaciones de ineficaz asistencia de un abogado, aunque en una forma ligeramente diferente. En *EE Muro*87 F.3d 1078 (9th CIR. 1996), el acusado afirmó que su Consejo era ineficaz y pidió que sea nombrado uno nuevo para discutir su propuesta de nuevo juicio sobre ese terreno. El Tribunal de distrito rechazó y forzó el Consejo ineficaces para manejar la audiencia probatoria sobre la moción. El noveno circuito revocó, afirmando que obligando a un abogado para intentar demostrar su ineficacia en una audiencia probatoria para nuevo juicio creó un inherente conflicto de intereses. El mismo tipo de análisis del conflicto debe aplicarse a renunciar el derecho de hacer reclamaciones ineficiente.

4.5 exenciones condicionales de

Una renuncia condicionada de apelación fue ejecutada en *EE Littlefield*, 105 F.3d 527 (9th CIR. 1997). Renuncia Littlefield s estaba condicionada a la sentencia dentro de la tapa del acordado. Fue así que él no podía apelar.

5 disposiciones típicas varias

5.1 LAS PENAS

La sección de sanciones de un acuerdo de culpabilidad establece las sanciones máximas que la ley permite la carga a la que el acusado se declarará. Sus funciones sólo son para asegurarse de que el acusado ha sido debidamente advertido de las penas e informar al juez de lo que diga al acusado en el cambio de la audiencia de declaración.

Muestra acuerdo acuerdo idioma

*un) una violación de **título 21 U.S.C.** §841(a)(1) y §841(b)(1)(A)(vii), es castigado por un término mínimo obligatorio de diez años de prisión y un plazo máximo de prisión de hasta la vida, o una multa máxima de $4.000.000 o ambos.*

b) de acuerdo a las pautas de sentencia, el tribunal deberá:

*1) ordene al demandado a restituir a cualquier víctima del delito, a menos que, en virtud del **título 18, U.S.C. §3663**, el tribunal determina que la restitución no sería apropiado;*

*2) ordene al demandado a pagar una multa, a menos que, con arreglo **a la sección 5E1.2(f)** de las directrices, el acusado establece la aplicabilidad de las excepciones encontró en él figuran;*

*3) orden al acusado, en virtud del **título 18 U.S.C. §3583** para un mandato de liberación supervisada cuando sea requerido por ley o cuando se impone una pena de prisión de más de un año, la corte podrá imponer una pena de supervisión liberados en los demás casos.*

*c) con arreglo al **título 18 U.S.C. §§3561-3566, §3559**, el acusado no puede ser sentenciado a un período de libertad condicional.*

d) en virtud del título 18 §3013, la corte es necesaria para imponer un gravamen especial sobre el acusado de $100.00 por cuenta.

5.1.1 errores en términos de pena

Condiciones de encarcelamiento máximo son generalmente correctos, como el se establecen en los estatutos. Términos mínimos obligatorios deben revisarse cuidadosamente, particularmente en casos de empresa Criminal continua (CCE), arma y droga. Liberación supervisada autorizado términos son a menudo mal. En general son controlados por *18 U.S.C. §3583,* que a su vez se basa en la clasificación de la ofensa bajo *18 U.S.C. §3559.* Leyes específicas a veces tienen sus propios requisitos de libertad supervisada, tales como la droga estatuto *21 U.S.C. §841.* Multas autorizado asciende a menudo está mal. Las multas por infracciones antes las directrices entraron en vigor son controladas por el estatuto específico. Multas casos pauta son controladas por la mayor del estatuto específico o la multa en *18 U.S.C. §3571,* que fue modificado en diciembre de 1987 para cambiar las multas de delito menor. El estatuto general de bien se basa en la clasificación de la ofensa bajo *18 U.S.C. §3559.* Evaluaciones especiales están controladas por 18 U.S.C. §3013, que prevé más pequeñas cuotas para delitos de clase A, B y C. La sección fue modificada en 1996 para proporcionar por 100 dólares, en comparación con $50, evaluaciones para delitos graves.

5.1.2 efecto de errores en términos de pena

11(c)(1) regla requiere que los acusados ser aconsejado del mínimo obligatorio previsto por la ley, si los hay y la máxima pena posible incluyendo el efecto de especial libertad condicional o libertad supervisada. Muchos errores en el asesoramiento a los acusados suelen ser inofensivos errores, porque el acusado recibe una sentencia muy por debajo del máximo. *EE Sanclemente-Bejarano*, 861 F.2d 206, 209-10 (9th CIR. 1988) (error inofensivo donde acusado fue aconsejado máxima sentencia fue perpetua y pena recibida de 15 años y cinco años de libertad supervisada). Sin embargo, puede haber error perjudicial donde la combinación de frases recibidas podría causar acusado libertad s a restringirse más allá de las penas máximas descritas. *Ver Estados Unidos v. Roberts*, 5 F.3d 365 (9th CIR. 1993) (acusado no aconsejaron de libertad supervisada y recibir plazo máximo y la máxima liberación supervisada). También, asesorar a un acusado que estaba sujeta a un mínimo obligatorio de cinco años en comparecencia y luego encontrarlo responsable más cocaína en sentencia, desencadenando una sentencia obligatoria de 10 años, había invalidado su culpabilidad. *v de Estados Unidos. Todavía*, 102 F.3d 118 (5th Ave., 1996), *CERT negó*, 118 S.Ct. 43 (1997). No se mencionó la restitución en coloquio súplica fue error inofensivo, donde el acusado se hizo consciente de la obligación de restitución a través de sus acuerdos de cooperación y súplica. *Estados Unidos v. McCarty*, 99 F.3d 383 (11th CIR. 1996). También fue error inofensivo donde acusado fue informado de una posible multa pero no de la posible restitución y la restitución impuesta fue menos de lo que pudo haber sido la multa. Estados Unidos v. Pomazi, 851 F.2d 244 (9th CIR. 1998), *anulado en parte por otros motivos*, **Hughey v. U.S.**, 495 US 411 (1990). Se ha sugerido que ahora que es obligatorio bajo el fracaso MVRA para aconsejar de restitución restitución corre afoul del requisito de la **regla 11(c)(1)** que la mencionada mínimos obligatorios. *Ver*Sección 3.6.3.

La solución en algunos casos por una asesoría mala pena ha sido sentido por la corte de apelaciones que el Tribunal de distrito de abandonar la parte de la frase que excede la asesoría, en lugar de permitir que el acusado a retirar su declaración. **Estados Unidos v. Rogers**, 984 F.2d 314 (9th CIR. 1993).

También puede haber error donde parece que la decisión de declararse fue impactada por el erróneo Consejo dado por el tribunal. Por ejemplo, en una situación donde un acusado dijeron en comparecencia, que se enfrentó a 60 años por dos cargos de drogas pero enfrentó en realidad sólo 30 años, donde él se declaró culpable de los cargos a cambio de despido del otro o uno, y donde la corte pensé que estaba sujeto a 30 años que no fue condenado a 15, el acusado s de culpabilidad y exención de juicio no era válida. **Estados Unidos v. Guerra**, 94 F.3d 989 (5th Cir. 1996) (significativamente, no había nada en el registro de lo que sugiere que el acusado nunca recibió la información correcta sobre su exposición de su abogado).

Tenga en cuenta que también es posible que la falta del abogado para asesorar a los acusados de ciertas consecuencias de la declaración, como el fracaso para advertir de la condición de carrera posible agresor, puede ser ineficaz asistencia de un abogado. ***Risher v. Estados Unidos,*** 992 F.2d 982 (9th CIR. 1993).

5.2 advertencias

Las advertencias se separan generalmente alrededor en el acuerdo de culpabilidad, pero han sido agrupadas aquí para el debate.

5.2.1 perjurio y otros delitos de falso testimonio

Muestra acuerdo acuerdo idioma

Nada en este acuerdo se interpretará para proteger al acusado de ninguna manera de ser procesados por falso testimonio, declaración falsa o declaración falsa, según lo definido por la ley de ningún soberano, o cualquier otro delito cometido por el acusado después de la fecha del presente acuerdo. Cualquier información, declaraciones, documentos y pruebas que acusado proporciona a los Estados Unidos en virtud de este acuerdo pueden utilizarse en su contra en cualquier tales juicios.

Este párrafo hace explícita la política establecidos en el **USSG §1B1.8(b)(3)** con respecto al uso de la información proporcionada en los acuerdos de cooperación en un procesamiento posterior de perjurio.

5.2.2 la reinstitución de la Fiscalía

Muestra acuerdo acuerdo idioma

Si se rechaza declaración de culpabilidad del acusado, retirado, desocupado o invertido en cualquier momento, los Estados Unidos estarán libres enjuiciar al acusado para todos los cargos de los cuales tiene conocimiento y los cargos que han sido despedidos debido a este acuerdo será automáticamente restituido. En tal caso, acusado renuncia a cualquier objeción, los movimientos o defensas basadas en el estatuto de limitaciones, la ley de juicio rápido o restricciones constitucionales a traer de cargos.

Esto es parte del gobierno de la espalda a la provisión de una plaza. Porque en algunas circunstancias un acusado puede ser capaz de retirarse de una súplica o tener una súplica apartar en apelación, el gobierno quiere ser capaz de volver al *statu quo ante* en ese evento. Este tipo de disposición no es injusto, pero es muy difícil de explicar a los clientes de hablando mal educados o no angloparlantes. La segunda frase en la lengua muestra arriba es probablemente demasiado amplia. Sólo deben renunciar a impedimentos a la Fiscalía que han resultado de los retrasos causados por el procedimiento de declaración. Ningún caso ha surgido donde este idioma se ha utilizado para cualquier propósito más nefasto.

5.2.3 la divulgación de información a la oficina de libertad condicional y corte

Muestra acuerdo acuerdo idioma

Acusado entiende la obligación de los Estados Unidos para proporcionar toda la información en su archivo en relación con el acusado, incluyendo delitos penales cargados y no cargados, a la oficina de libertad condicional de Estados Unidos.

Esta disposición describe y tal vez causa, un problema. La oficina de probatoria obtiene la información sobre todo el comportamiento conocido al fiscal incluso si el acusado se declara sólo a parte de eso. Esto es la génesis de los problemas relativos a la consideración de conducta despedida y sin cargos, porque requiere la Fiscalía para dar la información oficial de libertad condicional en ese tipo de conducta que el oficial entonces utiliza para aumentar al acusado directrices s.

Nota que una disposición similar en un acuerdo de culpabilidad diciendo que el gobierno estaba libre para proporcionar toda la información pertinente a la corte en la sentencia se llevó a cabo para anular la naturaleza protegida de declaraciones formuladas durante una oferta en las negociaciones de la declaración, aunque ofrezca propio acuerdo siempre que no se utilizaría la información. *Estados Unidos v. Fagge*, 101 F.3d 232 (2nd CIR. 1996) (discutido en la sección 3.7.4). En la sentencia que el juez pidió al gobierno por qué el acusado no tenía derecho a un ajuste mínimo papel y el gobierno utilizó información de la puedee para demostrar que el acusado había comprometido en varias transacciones de drogas. El Tribunal de Apelaciones sostuvo que la lengua en el acuerdo de culpabilidad hizo caso omiso del acuerdo de oferta. Esta disposición plantea nuevas inquietudes en el post*Booker* mundial, como hemos comentado anteriormente en la sección 3.7.4.

5.2.4 efecto sobre procedimientos de confiscación, civil y administrativo

Muestra acuerdo acuerdo idioma

Nada en este acuerdo se interpretará para proteger al acusado de procedimientos de confiscación civil o prohibir a los Estados Unidos proceder con o iniciar una acción por confiscación civil. Además, este acuerdo no impide que los Estados Unidos de instituir cualquier procedimiento civil o administrativo como puede ser apropiado ahora o en el futuro.

Esta disposición refleja la preocupación de s de gobierno que la cláusula de doble riesgo puede estar implicada cuando un acusado recibe una sentencia en un procedimiento y sufre una confiscación civil en otro. La Corte Suprema encontró que un impuesto sobre marihuana impuesta al acusado después de que el acusado fue procesado por posesión de marihuana constituye una violación de la cosa juzgada. *Montana Departamento de ingresos v. Rancho Kurth*, 511 U.S. 767 (1994). El impuesto fue autorizado por el mismo estatuto como la fiscalía y estaba condicionado a la Comisión del delito. Antes **Kurth Ranch**, el Tribunal Supremo había también confirmó la denuncia idem donde lo que se denominó una sanción civil se impuso tras una condena, pero el Tribunal determinó que la pena era no correctivas y tenía un carácter punitivo. *EE Halper*, 490 U.S. 435 (1989). En conjunto estos casos bastante puso fin a la práctica de tras condenas penales con acciones de confiscación civil. En la mayoría de los casos, el gobierno comenzó a buscar la confiscación *en* la acción criminal, evitando así la barra.

Sin embargo, la Suprema Corte en *EE Ursery*, 518 267 de Estados Unidos (1996), recientemente sostuvo que *en rem* confiscaciones civiles no son ni de castigo ni de penal y así no crear un problema de cosa juzgada. *Véase también Hudson v. U.S.*, 522 US 93, 118 S.Ct. 488 (1997) (sin barra de enjuiciamiento por aplicación indebida de los fondos del banco donde acusado ya sufrió penalidades monetarias y la inhabilitación profesional en manos de Contralor de la moneda en gran parte repudiar el análisis de Harper y encontrar las sanciones anteriores a remedios civiles).

5.3 base fáctica

La sección de base fáctica establece que existen datos suficientes para apoyar una condena. Estos hechos también pueden formar la base de algunos de los cálculos de pauta oficial de libertad condicional es y deben ser examinados cuidadosamente. **Regla 11(b)(3)** requiere la corte para determinar que existe una base fáctica para el alegato.

Muestra acuerdo acuerdo idioma

Además acepto que si esta cuestión debía proceder a juicio los Estados Unidos podrían probar los siguientes hechos más allá de una duda razonable, y que estos hechos representan fielmente mi conducta ofensiva fácilmente demostrable y características específicas del delito: [hechos de la falta de convicción.

Como se ha mencionado en otras secciones, las directrices proporcionan que estipulación a un delito mayor puede requerir el uso de la pauta por ese delito. USSG §1B1.2(a). Bajo el comentario revisado a **USSG §1B1.2**, sin embargo, el acusado debe explícitamente de acuerdo que una declaración de hechos o estipulación tendrá ese efecto. Si se cumple esa condición, entonces si el acusado se declaró culpable de un delito, pero estipula que un delito más grave en la base fáctica, la corte condenaré al acusado basado en la pauta para el delito más grave. *EE Martin*893 F.2d 73, 74-76 (5 Cir.1990); Véase también *EE Gardner*, 940 F.2d 587, 590-92 (10th CIR. 1991) (acusado se declaró culpable de robo de banco, establecido que el robo del banco, condenado por robo de banco). Insuficiencia de base fáctica se renuncia donde en sentencia acusado no pudo levantar el tema y la defensa aceptó que existía una base. *Estados Unidos v. Reyes-Alvarado*, 963 F.2d 1184 (9th CIR. 1992).

5.4 aprobación y aceptación

5.4.1 DEFENSA FISCAL APROBACIÓN

La sección defensa fiscal aprobación, que requieren firma abogado en lugar de la s acusado, básicamente intenta bloquear la defensa para responder por la súplica.

Muestra acuerdo acuerdo idioma

*Me han hablado de este caso y el acuerdo de culpabilidad con mi cliente en detalle y han aconsejado al acusado en todos los asuntos dentro del ámbito de **Fed.R.Crim.P.** 11, el constitucional y otros derechos de un acusado, la base fáctica y la naturaleza de la ofensa a los que la culpabilidad será ingresadas, posibles defensas y las consecuencias de la declaración de culpabilidad. No hay garantías, promesas o representaciones ha dado a mí o al acusado por los Estados Unidos o cualquiera de sus representantes que no figuran en el contrato por escrito. Estoy de acuerdo en la entrada de la súplica como se indica arriba y en los términos y condiciones establecidas en este contrato al igual que en el mejor interés de mi cliente. Me comprometo a hacer un esfuerzo de buena fe para asegurar que la declaración de culpabilidad es entrado en acuerdo con todos los requisitos de **Fed.R.Crim.P. 11**.*

Fracaso para asesorar adecuadamente al acusado de los elementos del delito, las defensas o sanciones, resultando en una equivocada decisión de declararse culpable, siempre ha sido posible ineficaz asistencia de un abogado. Ahora falta para asesorar debidamente acusado sobre las pautas de sentencia, resultando en la decisión del acusado *no* tomar un acuerdo, también puede ser ineficiente. ***Estados Unidos v. día***, 969 F.2d 39 (3rd CIR. 1992); ***EE Sanders***, 3 F.Supp. 2d 554 (M.D.Penn 1998). Fracaso para advertir a un cliente del estado carrera posible agresor también se ha celebrado a ser ineficiente. ***Risher v. Estados Unidos,*** 992 F.2d 982 (1993).

El remedio para tales fallas una no está completamente claro. *In re Alvernaz*, 2 Cal. Rptr. 713 2, 830 P.2d 747 (Cal. Sup. CT. 1992) sugiere que cuando un acusado no pudo aceptar un acuerdo debido a abogado ineficaz, el remedio sería modificación del juicio coherente con la oferta o un nuevo juicio con la reanudación del proceso de negociación súplica. Cuando el mismo caso ante un tribunal de distrito federal en una demanda de hábeas, el Tribunal ordenó que Alvarnaz puede considerar la oferta anterior con la asistencia de un abogado competente. *Alvernaz v. Ratelle*, 831 F.Supp 790 (S.D.Cal. 1993). Cuando una oferta no fue comunicada al cliente, los 9th circuito ha dicho que el remedio sería el reintegro de la oferta. *EE Blaylock*, 20 F.3d 1458 (9th CIR. 1994). Para ser elegible para el alivio, el acusado tiene que demostrar que hubiera aceptado la petición hubiera sido comunicada. *Engelen v. Estados Unidos.*, 68 F.3d 238 (8th CIR. 1995) (citando *Blaylock*).

5.4.2 aprobación del gobierno

Muestra acuerdo acuerdo idioma

He revisado este asunto y el acuerdo de culpabilidad. Estoy de acuerdo en nombre de los Estados Unidos que los términos y condiciones que se establecen son adecuadas y están en el mejor interés de la justicia.

La sección de la aprobación del gobierno generalmente no es más que un bloque de firma y no tiene ninguna importancia real más allá de hacer el gobierno una parte del contrato.

5.4.3 aceptación Court

Regla 11(e)(2) *permite* al tribunal que demora la aceptación del acuerdo hasta después del informe redactará en el caso de un acuerdo de **regla 11(e)(1)(A) o (C)** y las pautas *requieren* la corte demora acepten el acuerdo hasta que redactará el informe ha sido considerado en la mayoría de los casos. **USSG §6B1.1(c).** Bajo los lineamientos, aceptación de la corte de la súplica es contingente a consideración del Tribunal del informe antes. *Estados Unidos v. Cordova-Perez*, 65 F.3d 1552 (Cir.1995 9); *EE Kemper*, 908 F.2d 33, 36 (6 Cir.1990); *EE Foy*F.3d 28 464, 471 (5 Cir.1994); *EE Salva*, 902 F.2d 483 488 (7th ave...1990). aceptación ocurre generalmente en el registro de la audiencia de sentencia, en lugar del cambio de la audiencia de súplica. Antes *EE Hyde*, 520 620 de Estados Unidos, 117 S.Ct. 1630 (1997) algunos tribunales comenzaron a aceptar el acuerdo de culpabilidad en el momento de la audiencia de petición para impedir que el demandado retirar de la declaración antes de la sentencia. Los acusados hizo tan basado en *EE Washman*F.3d 66 210 (9th CIR. 1996), que sostuvo que cualquiera de las partes debería tener derecho a modificar su posición e incluso retirarse de la negociación hasta que se licitó el acuerdo y la negociación como entonces existe es aceptada por el tribunal. Washman a su vez se basó en *EE Ocanas*F.2d 628 353, 358 (5 Cir.1980), CERT negó, 451 Estados Unidos 984, 101 S.Ct. 2316, 68 L.Ed.2d 840 (1981), que sostuvo que, a menos que y hasta que el juez apruebe un acuerdo de culpabilidad y acepta una declaración de culpabilidad, ninguna de las partes está destinada por el acuerdo. La controversia fue enterrada cuando el Tribunal Supremo sostuvo que una vez que se introduce una súplica un acusado no puede retirar su declaración a menos que muestra una razón justa y bajo **regla 32(e)** . *Hyde, supra* en 117 S.Ct.1631.

La secuencia de eventos es importante. **Regla 32** prohíbe a la corte revisar el informe redactará (PSR) antes de la declaración de culpabilidad es aceptada, y por lo tanto el tribunal puede no considerarlo en decidir si debe aceptar el acuerdo (ausencia de consentimiento del acusado). *En Ellis*, 356 f.3d 1198, 1212 (9th CIR. 2004) (Kozinski, J. concurrente). Así la corte debe aceptar la petición, entonces leer el PSR, entonces rechazar el acuerdo si no satisfecho. En ese momento es hasta el acusado para decidir si retirar el

motivo: la corte no puede desalojar el alegato sobre su propio movimiento. *ID.* en 1200.

6 consecuencias colaterales de declaración

Hay numerosas consecuencias colaterales a declararse culpable. Puede efectuarse el derecho al voto, el derecho a los brazos de oso, acceso a beneficios del gobierno y un anfitrión de otros derechos. A continuación menciono sólo tres consecuencias que han sido problemáticas.

6.1 pérdida del derecho a portar armas de fuego

Una súplica de un delito bajo la ley federal será impedir que el acusado teniendo armas de fuego bajo *18 U.S.C. §922(g) y §921(a)(20)*. No hay ninguna disposición para la restauración de este derecho para criminales federales excepto las peticiones al Secretario de Hacienda bajo

18 U.S.C. §925(c), que ya no están siendo procesados. Un estado no puede restaurar un derecho criminal federal de portar armas. *Beecham v. U.S.*, 511 U.S. 368 (1994).

6.2 consecuencias inmigratorias

En **Padilla v. Kentucky**, 559 US 356, S.Ct 130. 1473, 176 L.Ed.2d 284 (2010), la Corte Suprema sostuvo que la sexta enmienda requiere un abogado para un criminal acusado de proporcionar asesoramiento sobre el riesgo de deportación derivadas de una declaración de culpabilidad. Las consecuencias de la inmigración de un alegato acuerdos son muy complejas y requieren especial atención. El abogado defensor debe ser consciente de que la pérdida de estatus, deportación y otras consecuencias de la inmigración puede ser incluso más severa que las sanciones penales. Cada vez que el acusado no tiene ningún tipo de estatus migratorio, las consecuencias de una declaración sobre esa situación deben ser evaluadas y explicó al acusado antes de la decisión de declararse. En algunos casos, pueden ser estructuradas las súplicas para reducir al mínimo los efectos negativos en el cliente. (*Pero mira*, **Janvier v. Estados Unidos**, *793 F.2d 449, 455 (C.A.2 1986) " 1251(b) de la sección de 8 U.S.C.., sin embargo, proporciona ese § 1251(a)(4) es inaplicable si juzga a la sentencia, ya sea en el momento de la sentencia o dentro de 30 días después de eso y después de dar debida notificación a las autoridades competentes, recomienda contra deportación)"*.

6.3 uso de declaraciones de súplica en otros procedimientos

Voluntarios declaraciones de un acusado en un tribal de culpabilidad pueden utilizarse para los propósitos de la acusación en el juicio federal. ***Estados Unidos v. Tsinnijinnie***, 91 F.3d 1285 (9th CIR. 1996). La corte razonó que si las declaraciones adoptadas en violación de Miranda, evidencia incautada en violación de la cuarta enmienda y supresión audiencia testimonio del acusado pueden ser usadas para la acusación en el juicio, entonces no hay ninguna la razón para tratar declaraciones hechas durante una súplica tribal alguno diferente.

Sección 7

Apéndice 1

7.1 ASHCROFT MEMORANDO 22 DE SEPTIEMBRE DE 2003

ASUNTO: Política del Departamento relativas a delitos penales, disposición de los cargos, de carga y sentenciar

INTRODUCCIÓN

La aprobación de la ley de reforma de sentencias de 1984 fue un evento de Cuenca en la búsqueda de la equidad y coherencia en el sistema de justicia penal federal. Con la ley de reforma de sentencias s creación de la Comisión de sentencias de Estados Unidos y la posterior promulgación de las pautas de sentencia, Congreso trataron de ofrecer certeza e imparcialidad en el cumplimiento de los propósitos de la sentencia. *28 U.S.C. 0 991(b)(l)(B).* En contraste con el sistema anterior sentencia - que se caracterizó por en gran parte sin trabas a discreción, y aparentemente severas penas que fueron reducidas a menudo agudamente por libertad condicional - la ley de reforma de sentencias y las pautas de sentencia intentó lograr varios objetivos importantes: (1) para garantizar la honestidad y la transparencia en las sentencias federales; (2) para guiar la discreción de la sentencia, con el fin de reducir la disparidad entre las penas por delitos similares cometidos por delincuentes similares; y **(3)** prever la imposición de apropiadamente diferentes castigos para delitos de gravedad diferente.

Con la aprobación de la *ley de protección* a principios de este año, el Congreso ha reafirmado su compromiso con los principios de coherencia y una disuasión efectiva que se incorporan a las pautas de sentencia. Las reformas importantes sentencias hechas por esta legislación ayudará a asegurar una mayor equidad y eliminar las disparidades injustificadas. Estos objetivos vitales, sin embargo, no pueden alcanzarse por completo sin consistencia por parte de los fiscales federales en el Departamento de justicia. Por consiguiente, es esencial establecido políticas claras para garantizar

que todos los fiscales federales se adhieren a los principios y objetivos de la ley de reforma de la sentencia, la ley de protección y las pautas de sentencia en su carga, caso disposición y prácticas de la sentencia.

El Departamento ha emitido previamente varios memorandos abordar las políticas del departamento con respecto a la carga, disposición caso y sentencia. Poco después de que la constitucionalidad de la ley de reforma de la sentencia fue sostenida por la Corte Suprema en 1989, Fiscal General Thornburgh emitió una directiva a los fiscales federales para asegurar que sus prácticas eran compatibles con los principios de equidad, imparcialidad y uniformidad. Varios años después, procuradora Reno emitió orientación adicional a dirección podría considerarse la medida en que un fiscal s había individualizada evaluación de la proporcionalidad de las oraciones particulares.

La reciente aprobación de la *ley de protección* enfáticamente reafirma la intención del Congreso que la ley de reforma de sentencias y las pautas de sentencia sean fielmente y consistentemente aplicadas. Por lo tanto es apropiado en este momento volver a examinar detenidamente el tema y señalar con mayor claridad política del departamento con respecto a la carga, la disposición de los cargos y la sentencia. Una parte de esta revisión integral de la política del departamento ya se ha completado: 28 de julio de 2003, según la sección 401(1)(1) de la *ley de protección,* emitió un memorando que específicamente y claramente establece el Departamento políticas de s con respecto a las recomendaciones de sentencias y apelaciones de sentencias. La determinación de una oración apropiada para un acusado condenado es, sin embargo, sólo la mitad de la ecuación. La equidad que Congreso intentaba alcanzar por la ley de reforma de sentencias y la *ley de protección* puede ser lograda sólo si existen políticas justas y razonablemente consistentes con respecto a las decisiones de s Departamento sobre qué cargos a llevar y cómo deben eliminarse los casos. Así como la sentencia el acusado recibe no debe depender que determinado juez preside el caso, así también los cargos se enfrenta a un acusado no deben basarse sobre el fiscal especial asignado para manejar el caso. En consecuencia, el propósito de este memorándum es establecidas las políticas básicas que deben seguir todos los fiscales federales para asegurar que el Departamento cumple con su obligación legal de cumplir fielmente y honestamente la ley de reforma de la sentencia, la *ley de protección*y las pautas de sentencia. Este memorando sustituye todas las anteriores directrices sobre este tema.

I. Departamento política en materia de carga y el enjuiciamiento de delitos penales

A. Generalidades deber de carga y de perseguir el delito más grave, fácilmente demostrable en todos los juicios federales

Es la política del Departamento de justicia que, en todos los casos penales federales, los fiscales federales deben cargar y perseguir el delito más grave, fácilmente demostrable o delitos que son apoyados por los hechos del caso, excepto según lo autorizado por un abogado de Estados Unidos del Subprocurador General, , o designados a abogado supervisor en las circunstancias limitadas descritas a continuación. El delito o delitos más graves son los que generan la frase más importante bajo las pautas de sentencia, a menos que una sentencia mínima obligatoria o cuenta que requieren una sentencia consecutiva generaría una pena mayor. Una carga no es fácilmente demostrable si el fiscal tiene una duda de buena fe, por razones legales o probatorias, en cuanto a la capacidad de gobierno fácilmente para probar una acusación en el juicio. Por lo tanto, debería no ser cargos simplemente para ejercer influencia para inducir una súplica. Una vez presentada, los cargos más graves fácilmente demostrables no pueden ser despedidos excepto en la medida permitida en la sección B.

B. excepciones limitadas de

La política básica establecidos anteriormente requiere que los fiscales federales a cargo y a perseguir a todos los cargos
que se determina que es fácilmente demostrable y que, bajo los estatutos aplicables y las directrices de la sentencia, produciría la frase más importante. Hay, sin embargo, ciertas limitadas excepciones a este requisito:

1. *no se vería afectada sentencia.* En primer lugar, si la pauta aplicable van desde que se podrá imponer una pena serán afectados, los fiscales podrán negarse a cobrar o para perseguir cargos fácilmente demostrables.

Sin embargo, si el cargo más grave fácilmente demostrable conlleva una sentencia mínima obligatoria que supera el rango de pauta aplicable, cuenta esencial establecer una sentencia mínima obligatoria debe ser cargada y no puede ser descartada, salvo en la medida prevista en otro lugar por debajo de.

2. programas de fast-track. Con el paso del Congreso **PROTECT Act,** reconoció la importancia de programas temprana disposición o vía rápida. Sección 401(m)(2)(B) de la ley instruye a la Comisión de sentencias a promulgar, por 27 de octubre de 2003, una declaración de política de autorizar una salida baja de no más de 4 niveles en virtud de una temprana disposición programa *autorizado por el Fiscal General* y el fiscal de Estados Unidos. **Pub. L. no. 108-21, 8 401(m)(2)(B), 117 campamento 650, 675 (2003)** (énfasis agregado). Aunque el requisito de *ley de protección* de autorización del Fiscal General se aplica sólo por sus condiciones para acelerar los programas que se basan en salidas hacia abajo, también se aplicará el mismo requisito, como un asunto de política del Departamento, a cualquier programa de vía rápida que se basa en la negociación de cargos - *es decir,* una disposición acelerada del programa por el que el gobierno se compromete a cobrar menos que el delito más grave, fácilmente demostrable. Estos programas pretenden ser excepcional y se autorizará solamente cuando claramente por condiciones locales dentro de un distrito. Los requisitos específicos para establecer e implementar un programa de fast-track se establecen largamente en el departamento s principios para implementar una acelerada o programa de procesamiento de Fast-Track. En esos distritos donde se ha establecido un programa aprobado de vía rápida, las decisiones y la eliminación de cargos de carga debe cumplir con esos principios y con los demás requisitos del programa de vía rápida aprobado.

3. *acusación reevaluación.* En casos donde la acusación circunstancias causan un fiscal determinar de buena fe que el delito más grave no es fácilmente demostrable, debido a un cambio en las pruebas o alguna otra razón justificable *(e.g.,* la indisponibilidad de un testigo o la necesidad de proteger la identidad de un testigo hasta que testifica contra un acusado más significativo), el fiscal puede desestimar los cargos en su contra con la aprobación documentada escrita u otro tipo de un ayudante del Fiscal GeneralAbogado Estados Unidos, o abogado supervisor designado.

4. *ayuda sustancial.* El medio preferido para reconocer una ayuda sustancial de s del acusado en la investigación o el enjuiciamiento de otra persona es cobrar la ofensa más grave fácilmente demostrable y luego presentar una moción apropiada o movimientos bajo **5K1.1 U.S.S.G. 8, 18 U.S.C. 8 3553(e),** o Federal regla de regla de procedimiento penal indemnizables. -3 - sin embargo, en circunstancias excepcionales, cuando sea necesario para obtener una ayuda importante en una importante investigación o enjuiciamiento y con la aprobación escrita o de otra manera documentada de un ayudante del Fiscal General, fiscal de Estados Unidos o abogado supervisor designado, un fiscal federal puede declinar para cargar o para perseguir una carga fácilmente demostrable como parte del acuerdo que refleje adecuadamente la sustancial asistencia proporcionada por el acusado en la investigación o el enjuiciamiento de otra persona.

5. *mejoras legales.* Se recomienda el el uso de mejoras legales y fiscales federales por lo tanto, deben tomar medidas afirmativas para garantizar que las sanciones aumentada resultante de mejoras legales específicas, tales como la presentación de una información con arreglo al *21 U.S.C. 3 851* o la presentación de una acusación bajo *18 U.S.C. §924(c),* son buscados en todos los casos apropiados. **Como** tan pronto como sea razonablemente posible, los fiscales deben determinar si el acusado es elegible para cualquier mejora tan legal. En muchos casos, sin embargo, la presentación de tales mejoras significará que la ley sentencia excede el rango de las pautas de sentencia aplicable, garantizando que el acusado no recibirá ningún crédito por aceptación de la responsabilidad y se no tienen ningún incentivo para declararse culpable. La búsqueda de tales mejoras a juicio en todos los casos que requieren por lo tanto, podría tener un efecto significativo sobre la asignación de recursos fiscales dentro de un determinado distrito. Por consiguiente, un ayudante del Fiscal General, fiscal de los Estados Unidos o designado abogado supervisor podrá autorizar a un fiscal para renunciar a la presentación de un realce legal, pero *sólo* en el contexto de un acuerdo negociado y sujeto a los siguientes requisitos adicionales:

a. dicha autorización debe ser escrito o si no documentado y podrá concederse solamente después de cuidadosa consideración de los factores establecidos en la sección 9-27.420 del Manual de abogados de Estados Unidos. En el contexto de una mejora estatutaria que se basa en anteriores condenas penales, como una mejora bajo *21 U.S.C. 8 851*, dicha autorización podrá concederse únicamente después de dar especial consideración a la naturaleza, las fechas y las circunstancias de las condenas previas y la medida en que sean probatorios de propensión criminal.

b. un fiscal puede renunciar o despedir a un cargo de violación de *18 U.S.C. §924(c)* sólo con el escrito o no aprobación de un ayudante del

Fiscal General, fiscal de Estados Unidos, documentado o designado a abogado supervisor y sujeto a las siguientes limitaciones:

(i) en todos los casos excepcionales o donde la sentencia total no se vería afectada, la primera violación fácilmente demostrable de *18 U.S.C. § 924(c)* será acusada y perseguida.

(ii) en casos relacionados con tres o más violaciones fácilmente demostrables de *18U.S.C. § 924(c)* en el cual los delitos determinantes son delitos de violencia, los fiscales federales deberán, en todos los casos pero excepcionales, carga y perseguir las dos primeras tales violaciones.

6. otras circunstancias excepcionales. Fiscales podrán negarse a perseguir o pueden desestimar cargos fácilmente demostrables en otras circunstancias excepcionales con la aprobación documentada escrita u otro tipo de un ayudante del Fiscal General, fiscal de Estados Unidos o designado a abogado supervisor. Esta excepción reconoce que los objetivos de la ley de reforma de sentencia deben buscarse sin ignorar las limitaciones prácticas del sistema de justicia penal federal. Por ejemplo, podría darse una aprobación de casos específicos para retirar los cargos en un caso particular porque el abogado de Estados Unidos oficina es especialmente sobrecargado, la duración del juicio sería muy larga, y proceder a juicio reduciría significativamente el número total de casos desechados por la oficina. Sin embargo, dichas excepciones por caso deberían ser raros; de lo contrario se estará en peligro los objetivos de justicia y equidad.

II. Departamento política relativa a los acuerdos de la declaración

A. súplica acuerdos escritos

En casos de delitos mayores, los acuerdos de la declaración deben ser por escrito. Si el acuerdo no está en la escritura, el acuerdo deberá indicarse formalmente en el registro. Los acuerdos de la declaración escrita facilitará los esfuerzos realizados por el Departamento de justicia y la Comisión de sentencias para controlar el cumplimiento por los fiscales federales con las políticas del Departamento y las pautas de sentencia. La *ley protege* específicamente requiere la corte, después de la sentencia, para proporcionar una copia de la sentencia acordada a la Comisión de sentencias. *994(w) U.S.C.§ 28.* Los acuerdos de la declaración escrita también evitar malentendidos con respecto a los términos que las partes han aceptado.

B. honestidad en las sentencias

Como establecidos en mi Julio 28,2003 memorando sobre Departamento de políticas y procedimientos de recomendaciones de sentencias y apelaciones de sentencias, Departamento de justicia política requiere honestidad en las sentencias, tanto con respecto a los hechos y la ley:

Cualquier recomendación de sentencia hecha por Estados Unidos en un caso particular debe reflejar honestamente la totalidad y la seriedad del acusado es conducta y deben ser plenamente coherente con los lineamientos y estatutos aplicables y con los hechos fácilmente demostrables sobre la historia de s acusado y conducta.

Esta política se aplica plenamente a las recomendaciones de la sentencia que están contenidas en los acuerdos de la declaración. Julio **28** memorando además explica que esta política básica tiene varias implicaciones importantes. En particular, si fácilmente demostrables hechos son relevantes para los cálculos bajo los lineamientos de la sentencia, el fiscal debe revelarlos a la corte, incluyendo la oficina de libertad condicional. Asimismo, los fiscales federales pueden no trato hecho, o ser parte de cualquier acuerdo que resulta en el Tribunal de sentencia teniendo menos que un completo entendimiento de todos fácilmente demostrables hechos pertinentes con la sentencia.

La disposición actual de los Estados Unidos abogados Manual que direcciones de carga política y describen las circunstancias en que un cargo menos grave puede ser apropiado incluye la amonestación que [a] Declaración negociada que usa cualquiera de las opciones descritas en esta sección debe hacerse conocer al Tribunal de sentencia. Ver **U.S.A.M. 0 9-27.300(B); vea** *también* **U.S.A.M. 8 9-27.400(B)** (sería inadecuada para un fiscal coinciden en que es una salida en orden, sino para ocultar el acuerdo con un pacto de carga que se presenta ante un tribunal como un hecho consumado, así que no hay ni una revisión judicial ni de registro de la salida). Aunque este memorándum por sus términos reemplaza la Dirección Departamento previa sobre este tema, sigue siendo que el Tribunal de sentencia debe ser informado si un acuerdo implica una ganga carga política del departamento. En consecuencia, un acuerdo negociado que usa cualquiera de las opciones descritas en la sección I(B)(2), (4), *(5),* o (6) debe hacerse conocidos por el Tribunal en el momento de la audiencia de declaración y en el momento de la sentencia, *es decir,* la corte debe ser informado que no fue acusado un delito más grave, fácilmente demostrable o que no se presentó una mejora legal aplicable.

C. carga de negociación

Cargos pueden ser rechazados o despedidos en virtud de un acuerdo de culpabilidad sólo en la medida compatible con el conjunto de principios hacia adelante en la sección I del presente memorando.

D. oración negociación

Existen sólo dos tipos de oración permisible gangas.

1. *oraciones dentro de la gama de las pautas de sentencia.* Fiscales federales pueden entrar en un acuerdo por una sentencia que está dentro del rango especificado pauta. Por ejemplo, cuando el rango de las pautas de sentencia es de 18-24 meses, un fiscal podrá acordar para recomendar una sentencia de 18 o 20 meses en lugar de argumentar en favor de una sentencia en la parte superior de la gama. Del mismo modo, un fiscal podrá acordar recomendar un ajuste a la baja para la aceptación de la responsabilidad bajo **U.S.S.G. 9 3El.** 1 si el fiscal concluye de buena fe que el acusado tiene derecho a la adaptación.

2. *llegadas.* En el paso de la *ley de protección*, Congreso ha dejado en claro su opinión de que ha habido demasiadas salidas hacia abajo desde las pautas de sentencia, y ha dado instrucciones a la Comisión a que tome medidas para garantizar que la incidencia de las salidas hacia abajo [es] reducido sustancialmente. **Pub. L. Nº 108-21, 0 401(m)(2)(A), 117 campamento 650, 675 (2003).** El departamento tiene la obligación de garantizar que las circunstancias en que se solicite o acceder a salidas hacia abajo en el futuro se circunscriben adecuadamente. En consecuencia, los fiscales federales no deben solicitar o acceder a una salida hacia abajo excepto en las circunstancias limitadas especificados en este memorándum y con autorización de un ayudante del Fiscal General, fiscal de Estados Unidos o abogado supervisor designado. Asimismo, excepto en tales circunstancias y con dicha autorización, los fiscales pueden no simplemente quedarme callados cuando se realiza un movimiento de salida hacia abajo por el acusado. Un ayudante del Fiscal General, fiscal de los Estados Unidos o designado abogado supervisor podrá autorizar a un fiscal para solicitar o acceder a una salida hacia abajo en la sentencia sólo en las siguientes circunstancias:

a. *ayuda sustancial. Sección 5 K 1* .1 de las pautas de sentencia proporciona que, sobre la marcha por el gobierno, un tribunal puede parten de la gama de pauta. Un movimiento sustancial asistencia debe basarse en la ayuda *sustancial* para el caso de s del gobierno. No es apropiado utilizar movimientos ayuda sustancial como una herramienta de administración de casos para garantizar los acuerdos de la declaración y evitar juicios.

b. *programas de Fast-track.* Los fiscales federales pueden apoyar una salida hacia abajo hasta donde sea congruente con las directrices de la sentencia y el Fiscal General s principios para implementar una acelerada o programa de procesamiento de Fast-Track. La *ley protege* específicamente reconoce la importancia de tales programas al exigir que la Comisión condena a promulgar una declaración política específicamente autorizar tales salidas.

c. *otras salidas descendente.* Como enunciados en mi Julio 28 memorándum, [aparte de estas dos situaciones, sin embargo, aquiescencia del gobierno en una salida hacia abajo debe ser, como indica el Manual de pautas de sentencia sí mismo, una ocurrencia rara [e]. *Ver* **U.S.S.G., Cap. 1, Pt. A, 1 (4)(b)**). Los fiscales afirmativamente deben oponerse a salidas hacia abajo que no son compatibles con los hechos y la ley y no deben aceptar quedarme callado con respecto a tales salidas. En particular, salidas hacia abajo sería violar la específica las restricciones de la *ley de protección* deben ser opuestas vigorosamente. Además, como se indicó anteriormente, Departamento de justicia política requiere honestidad en las sentencias. En aquellos casos donde los fiscales federales acordaron apoyar salidas, se espera identificar salidas para los tribunales. Por ejemplo, sería incorrecto por un fiscal de acuerdo que se justifica una salida, sin revelar dicho acuerdo, así que no hay un registro de ni revisión judicial de la partida.

En suma, motivo de negociación debe reflejar honestamente la totalidad y la gravedad de la conducta es acusado y cualquier desviación debe ser logrado mediante la aplicación de disposiciones adecuadas pautas de sentencia.

CONCLUSIÓN

Derecho penal federal y procedimiento aplican por igual a lo largo de los Estados Unidos. Como la única entidad fiscal federal, el Departamento de justicia tiene una única obligación para asegurar que todos los casos penales federales son procesados según las mismas normas. Equidad fundamental requiere que todos los acusados procesados en el sistema de justicia penal federal esté sujeto a las mismas normas y tratados de manera consistente.

7.2 ASHCROFT memorando 22 de septiembre de 2003

ASUNTO: Departamento principios para la implementación de una acelerada

Disposición o programa de vía rápida de procesamiento en un distrito

Sección 401(m)(2)(B) del 2003 *recursos fiscales y otras herramientas para poner fin a la explotación de los niños hoy ley (PROTECT)* instruye a la Comisión de sentencias a promulgar, por 27 de octubre de 2003, una declaración de política de autorizar una salida baja de no más de 4 niveles en virtud de una temprana disposición programa *autorizado por el Fiscal General* y el fiscal de Estados Unidos. Pub. L. Nº 108-21, § 401(m)(2)(B), 117 campamento 650.675 (2003). Aunque el requisito de ley de protección de autorización del Fiscal General se aplica sólo por sus condiciones para acelerar los programas que se basan en salidas hacia abajo, el memorándum he emitido el Departamento de política con respecto a carga penal delitos, disposición de cargos, y condena asimismo requiere aprobación del Procurador General para cualquier programa de vía rápida que se basa en cargos de negociación - *es decir,* un programa por el que el gobierno se compromete a cobrar menos de los más graves, ofensa fácilmente demostrable. Este memorando establece los criterios generales que deben cumplirse para obtener la autorización del Procurador General para acelerar los programas y los procedimientos por los cuales puede buscar procuradores tales authorization.3

I. REQUIERE CRITERIOS PARA LA AUTORIZACIÓN DEL PROCURADOR GENERAL DE UN PROGRAMA DE FAST-TRACK.

Temprana disposición o acelerar los programas se basan en la premisa de que un acusado que puntualmente se compromete a participar en dicho programa ha salvado los significativo y escasos los recursos del gobierno que pueden ser utilizados en el juzgamiento de otros acusados y ha demostrado una aceptación de responsabilidad más allá de lo que ya se tiene en cuenta por los ajustes contenidos en **U.S.S.G.** circunstancias, tales como donde los recursos de un distrito sería lo contrario ser significativamente filtrados por el gran volumen de una determinada categoría de casos. Dichos programas no deben utilizarse simplemente para evitar la aplicación común de las directrices para una clase particular de casos. **3E1.1**. estos programas están debidamente reservados para

Excepcional con el fin de obtener la autorización del Procurador General para implementar un programa de fast track, el fiscal de Estados Unidos debe presentar una propuesta que demuestra que el requisito de que un programa de fast-track sean aprobadas por el Fiscal General en la *ley de protección* o bajo estos principios también puede satisfacerse mediante la obtención de la aprobación del Procurador General Adjunto. *Ver 28 U.S.C. 5 510; 28 C.F.R. 5 0.15(a).*

(A) (1) el distrito se enfrenta a un número excepcionalmente elevado de una clase específica de delitos dentro del distrito, y fracaso para manejar estos casos de forma acelerada o vía rápida sería esfuerzo significativamente los recursos fiscales y judiciales disponibles en el distrito; o

(2) el distrito se enfrenta a alguna otra circunstancia local excepcional con respecto a una clase específica de casos que justifique la eliminación acelerada de tales casos;

(B) la declinación de tales casos a favor de la Fiscalía estatal es de carácter o claramente injustificada;

(C) la clase específica de casos consiste en que son situaciones de hecho sustancialmente similar altamente repetitivos y presente; y

(D) los casos no implican una ofensiva que ha sido designada por el Fiscal General como un crimen de violencia. *Ver **28 C.F.R. 0 28.2*** (listado de delitos señalados por la Procuraduría General como crímenes de violencia para fines de las disposiciones de la colección de ADN de la ***USA PATRIOT Act***).

Estos criterios se asegurarán de que los programas vía rápida se aplican sólo cuando se justifica. Por lo tanto, estos criterios especifican más claramente las circunstancias bajo las cuales un programa de fast-track podría ser implementado adecuadamente basado en la alta incidencia de un determinado tipo de ofensa dentro de un distrito - uno de los haces comúnmente citadas razones para justificar los programas vía rápida. Párrafo (a2, sin embargo, no excluir la posibilidad de que haya alguna otra circunstancia excepcional local, aparte de la alta incidencia de un determinado tipo de ofensa, que posiblemente podría requieren tratamiento rápido.

II. REQUISITOS PARA EL FISCAL DE ESTADOS UNIDOS DE AMÉRICA
IMPLEMENTACIÓN DE PROGRAMAS DE FAST-TRACK.

Una vez que un abogado de Estados Unidos ha obtenido autorización de la Procuraduría General para implementar un programa de vía rápida con respecto a una determinada clase especificada de delitos, el fiscal de Estados Unidos puede implementar dicho programa en la forma que él o ella considere apropiada para ese distrito, siempre que el programa si no es consistente con la ley, las pautas de sentencia y las regulaciones del Departamento y política. Cualquier programa debe incluir los siguientes elementos:

A. *disposición Expedited.*En un plazo razonablemente pronto después de la presentación de cargos federales, debe determinarse basada en la práctica en el distrito, el acusado debe aceptar a declararse culpable de un delito cubierto por el programa fast-track.

B. *requisitos mínimos para acelerar acuerdo.*El acusado debe entrar en un acuerdo escrito que incluya al menos los siguientes términos: i. el acusado acepta una base fáctica que refleja fielmente su conducta ofensiva; II. el demandado no conviene presentar alguno de los movimientos descritos en *regla 12(b)(3), Fed. R. crim P.* El acusado se compromete a renunciar a la apelación; y iv. El acusado se compromete a renunciar a la oportunidad de desafiar su condena bajo 28 U.S.C. § 2255, excepto en la cuestión de la asistencia letrada ineficaz.

C. *disposiciones adicionales del Convenio declaratorio.*A cambio de lo anterior, el fiscal para el gobierno podrá acordar a moverse con la sentencia para una salida hacia abajo desde el nivel de delito base ajustada por el Tribunal de distrito (después de la aplicación del ajuste para la aceptación de la responsabilidad) de un número específico de niveles, no debe exceder de 4 niveles. El acuerdo puede cometer la salida a la discreción del

Tribunal de distrito o las partes podrán acordar que el Tribunal de distrito se unen a un número específico de niveles, hasta cuatro niveles, con arreglo al *de la regla 1 registrará (l)(C), alimentado. R. crim P*. Debe proporcionar una carga negociación programa de fast-track para sentenciar a las reducciones que estén en consonancia con lo anterior. Las partes podrán acordar lo contrario a la aplicación de las pautas de sentencia consistente con las disposiciones de las directrices de la sentencia y **de la regla 11.**

III. LOS PROCEDIMIENTOS CON RESPECTO A LA IMPLEMENTACIÓN DE PROGRAMAS DE FAST-TRACK.

Los procedimientos para la aprobación del Procurador General. Antes de implementar un programa de fast-track, un distrito debe presentar al Director de la Oficina Ejecutiva de abogados de Estados Unidos (EOUSA), para la aprobación del Procurador General, su propuesta para implementar un programa de fast-track. Asimismo, cualquier programa en existencia en la fecha del presente Memorando no se puede continuar después de 27 de octubre de 2003, a menos que una propuesta de vía rápida ha sido presentada y aprobado. Cualquier propuesta de vía rápida debe contener los siguientes elementos:

A. una identificación de la categoría específica de violaciones a ser cubiertos por el programa fast-track.

B. una explicación detallada de por qué los criterios se describen en la sección están satisfechos con respecto a estos delitos. Si el distrito previamente ha implementado un programa acelerado para tales ofensas *(es decir,* antes de la fecha del presente Memorando).

Apéndice "A"

Manual de abogados de Estados Unidos

9-27.000

PRINCIPIOS DE LA FISCALÍA FEDERAL

9-27.001

Prefacio

Estos principios de Fiscalía Federal proporcionan a los fiscales federales una declaración de políticas fiscales sanas y prácticas para las áreas particularmente importantes de su trabajo. Como tal, debe promover el ejercicio de la autoridad fiscal razonado y contribuir a la administración justa y equitativa de las leyes penales federales.

La manera en que Federal fiscales ejercen su autoridad para adoptar decisiones tiene consecuencias de gran alcance, tanto en términos de justicia y eficacia en la aplicación de la ley y en cuanto a las consecuencias para los ciudadanos individuales. La determinación de perseguir representa una decisión política que los intereses fundamentales de la sociedad requieren la aplicación de las leyes penales a un conjunto particular de circunstancias — reconociendo que deben perseguirse graves violaciones de la Ley Federal, tanto que acusación conlleva consecuencias profundas para los acusados y la familia del acusado o no en última instancia resulta una condena. Otras decisiones fiscales pueden ser igualmente importantes. Las decisiones, por ejemplo, en relación con los cargos específicos que se traerá, o relativo a las disposiciones de la declaración, efectivamente determinan la gama de sanciones que pueden imponerse por conducta criminal. La decisión para dar su consentimiento a las súplicas de nolo contendere rara puede afectar el éxito de juicios civiles relacionados para recuperación de daños y perjuicios. También, la posición del gobierno durante el proceso de sentencia le ayudará a asegurarse de que el Tribunal impone una oración coherente con la ley de reforma de la sentencia.

Estos principios de Fiscalía Federal han sido diseñados para ayudar a estructurar el proceso de decisión de los abogados del gobierno. En su mayor parte, han sido emitidos en términos generales con el fin de proporcionar orientación en lugar de exigir resultados. La intención es asegurar la regularidad sin reglamentación, evitar la disparidad injustificada sin sacrificar la flexibilidad necesaria.

La disponibilidad de esta declaración de principios a oficiales de la Ley Federal y a la opinión pública tiene dos propósitos importantes: garantizar el ejercicio imparcial y eficaz de responsabilidad fiscal por abogados para el gobierno y promover la confianza por parte de los acusados públicos e individuales que serán tomadas decisiones fiscales importantes racional y objetiva sobre los méritos de cada caso. Los principios constituyen puntos de referencia conveniente para el proceso de toma de decisiones fiscales; facilitan la tarea de formación de nuevos abogados en el adecuado cumplimiento de sus deberes; contribuyen a una gestión más eficaz de los limitados recursos fiscales del gobierno por promover una mayor coherencia entre las actividades fiscales de las oficinas del fiscal de Estados Unidos todos y entre sus actividades y prioridades de aplicación de la ley del Departamento; hacen posible mejorar la coordinación de la actividad de investigación y enjuiciamiento por recient cing la comprensión de investigar a los departamentos y agencias de las consideraciones subyacentes a las decisiones fiscales del Departamento; e informan al público sobre el cuidadoso proceso por el cual se toman las decisiones fiscales.

Importante aunque estos principios son para el correcto funcionamiento de nuestro sistema fiscal Federal, el éxito de que sistema debe depender en última instancia sobre el carácter, integridad, sensibilidad y competencia de los hombres y mujeres que son seleccionadas para representar el interés público en la Justicia Penal Federal del proceso. Con su ayuda que estos principios han sido preparados, y es con sus esfuerzos que los efectos de estos principios se logrará.

Estos principios fueron originalmente promulgados por Fiscal General Benjamin R. Civiletti en 28 de julio de 1980. Mientras que desde entonces han sido actualizados para reflejar los cambios en la ley y la política actual del Departamento de justicia, el mensaje subyacente a los fiscales federales permanece sin cambios.

9-27.110
Propósito

Los principios de la Fiscalía Federal establecidas pretenden fomentar el ejercicio razonado de discrecionalidad por los abogados del gobierno en relación con:

Iniciando y la disminución de procesamiento;

Selección de los cargos;

Acuerdos de súplica;

Oposición ofrece a declararse nolo contendere;

Entrar en acuerdos sin enjuiciamiento a cambio de cooperación; y

Participando en las sentencias.

Comentario. Bajo el sistema de Justicia Penal Federal, el fiscal tiene amplia libertad para determinar cuándo, quién, cómo e incluso si se debe procesar por aparentes violaciones de la ley Penal Federal. Criterio amplio de la Fiscalía en áreas tales como los enjuiciamientos iniciando o anteriores, seleccionar o recomendar cargos específicos y terminación de los juicios mediante la aceptación de culpabilidad ha sido reconocida en numerosas ocasiones por los tribunales. Véase, por ejemplo, Oyler v. Boles, 368 Estados Unidos 448 (1962); Newman v. United States, 382 F.2d 479 (D.C. CIR. 1967); Powell v. Ratzenbach, 359 F.2d 234 (D.C. CIR. 1965), CERT negó, 384 Estados Unidos 906 (1966). Este criterio existe en virtud de su estatus como miembro de la rama ejecutiva, que se cobra en la Constitución con la garantía de que las leyes de los Estados Unidos "fielmente ejecutado." Estados Unidos Const. arte. § 3. Ver Nader v. Saxbe, 497 F.2d 676, 679 n. 18 (D.C. CIR. 1974).

Dado que los fiscales federales tienen gran latitud en la toma de decisiones cruciales sobre la aplicación de un sistema nacional de justicia penal, es deseable, en aras de la justa y eficaz administración de justicia en el sistema Federal, que todos los fiscales federales guiarse por una declaración general de principios que resume las consideraciones apropiadas a ser pesado y las prácticas deseables que deben seguirse, en el desempeño de sus responsabilidades fiscales.

Aunque estos principios lidiar con las situaciones específicas indicadas, debe leerse en el contexto más amplio de las responsabilidades básicas de abogados federales: asegurándose de que los fines generales de la ley penal — garantía de castigo garantizada, disuasión de conducta criminal más protección de la población de delincuentes peligrosos y la rehabilitación de los delincuentes — se cumplen adecuadamente, mientras asegurando también que estén protegidos escrupulosamente los derechos de los individuos.

[citado en USAM 9-2.031]

9-27.120

Aplicación

En llevar a cabo las responsabilidades de cumplimiento de la ley penal, cada abogado del Departamento de justicia debe guiarse por los principios establecidos en el presente, y cada abogado de Estados Unidos y cada asistente fiscal General deben velar por que dichos principios son comunicadas a los abogados que ejercen la responsabilidad fiscal dentro de su oficina o bajo su dirección o supervisión.

Comentario. Se espera que cada Fiscal Federal será guiado por estos principios para llevar a cabo sus responsabilidades de aplicación de la ley penal a menos que una modificación de, o salida de estos principios ha sido autorizada en virtud del USAM 9-27.140. Véase también penal Resource Manual 792 ("incentivos para temas y objetivos de las investigaciones criminales y los acusados en casos criminales para proporcionar información de inteligencia extranjera"). Sin embargo, no se pretende que la referencia a estos principios requerirá una decisión en particular fiscal en cualquier caso. Por el contrario, estos principios se establecen únicamente con el propósito de ayudar a los abogados del gobierno para determinar cuál es la mejor ejercer su autoridad en el desempeño de sus funciones.

[actualizado enero de 2007]

9-27.130

Implementación

Cada fiscal de Estados Unidos (EEUU) y el Fiscal General Adjunto responsable deben establecer procedimientos internos que aseguren:

Que las decisiones fiscales se hacen a un nivel adecuado de responsabilidad y se hacen consistentes con estos principios; y

Que salidas graves e injustificadas de los principios establecidos en la presente son seguidos por tales medidas correctivas, incluida la imposición de sanciones disciplinarias, cuando le garantiza, como se considere apropiado.

Comentario. Cada uno USA y cada asistente fiscal General encargadas de la aplicación de la ley Penal Federal deben complementar la orientación proporcionada por los principios enunciados en el presente documento estableciendo procedimientos internos adecuados para su oficina. Debe ser un propósito de tales procedimientos garantizar la coherencia en las decisiones dentro de cada oficina por regularizar la decisión de decisiones que se toman las decisiones en el nivel de responsabilidad adecuado. Un segundo propósito, igualmente importante, es proporcionar recursos adecuados para salidas graves e injustificadas de sólidos principios procesales. Los E.e.u.u. o el ayudante del Fiscal General también puede desear establecer procedimientos internos para la revisión correspondiente y documentación de las decisiones.

9-27.140
Modificaciones o salidas

Abogados de Estados Unidos (EEUU) podrá modificar o parten de los principios establecidos en el presente documento es necesarios en aras de la aplicación de la ley justa y eficaz dentro del distrito. Cualquier modificación significativa o partida contemplada como una cuestión de política o práctica regular debe ser aprobada por el Fiscal General Adjunto apropiado y el Fiscal General.

Comentario. Aunque estos materiales están diseñados para promover la coherencia en la aplicación de las leyes penales federales, no se destinan a producir rígida uniformidad entre los fiscales federales en todas las áreas del país a expensas de la justa administración de justicia. Distintas oficinas enfrentan condiciones diferentes y tienen diferentes requerimientos. En reconocimiento a estas realidades y para mantener la flexibilidad necesaria para responder bastante y eficazmente a las condiciones locales, cada uno USA es específicamente autorizado a modificar o parten de los principios establecidos en el presente, según sea necesario en aras de la aplicación de la ley justa y eficaz dentro del distrito. En situaciones en las que una modificación o salida se contempla como una cuestión de política o una práctica regular, el Fiscal General Adjunto apropiado y el Fiscal General deben aprobar la acción antes de que se apruebe.

[citado en USAM 9-27.120]

9-27.150

No-Litigability

Los principios establecidas y los procedimientos internos adoptados en virtud, estén destinados exclusivamente la guía de abogados para el gobierno. Ellos no pretenden, no lo hacen y no se pueden confiar en para crear un derecho o beneficio, Sustantivo o procesal, aplicable al derecho por una parte en litigio con Estados Unidos.

Comentario. Esta declaración de principios ha sido desarrollada puramente como cuestión de política interna departamental y está procediendo a fiscales federales únicamente por su orientación en el desempeño de sus funciones. Esta declaración de principios ni cualquier procedimientos internos adoptados por despachos individuales con arreglo a crea derechos o beneficios. Por establecer este hecho explícitamente, USAM 9-27.150 pretende ejecutar esfuerzos para litigar la validez de acciones fiscales supuesto contrarias a estos principios o no en conformidad con los procedimientos internos que pueden ser adoptados conforme a. En caso de que se intenta para litigar cualquier aspecto de estos principios, a litigar cualquier procedimiento internas adoptada en aplicación de estos materiales o a litigar la aplicabilidad de dichos principios o procedimientos a un caso particular, el fiscal de Estados Unidos interesados deben oponerse a la tentativa y debe notificar inmediatamente al departamento.

9-27.200

Iniciando y la disminución de procesamiento — Causa Probable requisito

Si el fiscal para que el gobierno tiene causa probable para creer que una persona ha cometido un delito Federal dentro de su jurisdicción, debe considerar si desea:

Solicitar o llevar a cabo más investigación;

Iniciar o recomendar enjuiciamiento;

Rechazar acusación y remitir el asunto a consideración fiscal en otra jurisdicción;

Rechazar acusación e iniciar o desviación preventiva recomendamos u otra disposición no penales; o

Rechazar acusación sin tomar otras medidas.

Comentario. USAM 9-27.220 establece los cursos de acción disponible con el fiscal para el gobierno una vez que tiene causa probable para creer que una persona ha cometido un delito Federal dentro de su jurisdicción. El estándar de causa probable es la misma norma que garantiza que se precise para la emisión de un arresto o una citación a una queja (véase Fed. Letra de R. Crim. P., para un magistrado ' s decisión de celebrar un acusado para responder ante el Tribunal de distrito (véase Fed. R. Crim. P. 5.1(a)), y es el requisito mínimo para la acusación por un gran jurado. Ver Bransburg v. Hayes, 408 U.S. 665, 686 (1972). Esto es, por supuesto, sólo una consideración de umbral. Simplemente porque este requisito puede cumplirse en un caso determinado no garantiza automáticamente enjuiciamiento; Además puede justificarse la investigación y el fiscal aún debe tomar en cuenta todas las consideraciones pertinentes, los que se describen en los siguientes provis iones, en decidir su curso de acción incluyendo. Por otro lado, falta de cumplir con el requisito mínimo de la causa probable es un bar absoluto para iniciar un proceso judicial Federal y en algunas circunstancias puede impedir referencia a otras autoridades de la Fiscalía o el recurso a sanciones no penales así como.

[citado en USAM 9-10.060; 9-2.031 USAM]

9-27.220

Motivos para iniciar o rechazar acusación

El fiscal para el gobierno debe iniciar o recomendar enjuiciamiento Federal si cree que la conducta de la persona constituye un delito Federal y que la evidencia admisible probablemente serán suficiente para obtener y mantener una convicción, a menos que, a su juicio, acusación debe ser rechazada porque:

No substancial interés Federal sería servido por Fiscalía;
La persona es sujeto a enjuiciamiento eficaz en otra jurisdicción; o
Existe una adecuada alternativa no penales al enjuiciamiento.
Comentario. USAM 9-27.220 expresa el principio que, normalmente, el fiscal para el gobierno debe iniciar o recomendar enjuiciamiento Federal si cree que la conducta de la persona constituye un delito Federal y que la evidencia admisible probablemente serán suficiente para obtener y mantener una condena. Se requieren pruebas suficientes para sustentar una condena bajo regla incisos, alimentado. R. Crim. P., para evitar una sentencia de absolución. Por otra parte, tanto como una cuestión de justicia fundamental y en aras de la eficiente administración de justicia, no hay acusación se debe iniciar contra cualquier persona a menos que el gobierno cree que la persona probablemente se encuentre culpable por un verificador imparcial de los hechos. A este respecto, debe señalarse que, al decidir si a procesar, el fiscal del gobierno no necesita tener en la mano toda la evidencia sobre la cual pretende confiar en el juicio: es suficiente que tiene una razonable ser lief que dichas pruebas estarán disponibles y admisible en el momento del juicio. Así, por ejemplo, sería apropiado iniciar un juicio aunque un testigo clave está fuera del país, mientras la presencia de los testigos en el juicio podría esperarse con certeza razonable.

El potencial que — a pesar de la ley y los hechos que crean un sonido, perseguibles caso — el determinador es probable que absolver al acusado debido a la impopularidad de algún factor involucrado en la acusación o la abrumadora popularidad del acusado o su causa, no es una acusación que prohíben factor. Por ejemplo, en un caso derechos civiles o en el caso de una figura política extremadamente popular, sería evidente que la evidencia de culpabilidad — considerado objetivamente por un determinador imparcial — sería suficiente para obtener y mantener una convicción, sin embargo, la fiscalía podría razonablemente dudar si el jurado condenaría. En tal caso, a pesar de su evaluación negativa de la probabilidad de que un veredicto de culpabilidad (basado en factores ajenos a una visión objetiva de la ley y los hechos), el fiscal puede correctamente concluir que es necesario y deseable iniciar o recomendar enjuiciamiento y permitir que el proceso penal funcionar conforme a sus principios.

Simplemente porque el fiscal para el gobierno cree que la conducta de una persona constituye un delito Federal y que las pruebas admisibles serán suficientes para obtener y mantener una convicción, no significa que necesariamente debe iniciar o recomendar enjuiciamiento: USAM 9-27.220 situaciones de tres notas en las que el fiscal puede propiedad negarse a actuar sin embargo: cuando no substancial interés Federal sería servido por Fiscalía; Cuando la persona es sujeto a enjuiciamiento eficaz en otra jurisdicción; y cuando existe una adecuada alternativa no penales al enjuiciamiento. Queda a juicio del fiscal para el gobierno de si existe tal situación. En el ejercicio de ese juicio, el fiscal que el gobierno debe consultar USAM 27.230-9, 9-27.240 o 9-27.250, según corresponda.

[citado en USAM 6-4.210; USAM 9-10.060; USAM 9-27.200; 9-28.300 USAM]

9-27.230
Iniciando y la disminución de los cargos — interés Federal sustancial

Para determinar si acusación debe ser rechazada porque no substancial interés Federal sería servido por acusación, el fiscal para que el gobierno debería sopesar todas las consideraciones pertinentes, incluyendo:

Prioridades de aplicación de la ley federal;

La naturaleza y la gravedad de la infracción;

El efecto disuasorio de procesamiento;

Culpabilidad de la persona en relación con el delito;

Historia de la persona con respecto a la actividad criminal;

Voluntad de la persona de cooperar en la investigación o el enjuiciamiento de los demás; y

La probable sentencia u otras consecuencias si la persona es culpable.

Comentario. USAM 9-27.230 enumera los factores que puedan ser relevantes en determinar si la acusación debe ser rechazada porque no substancial interés Federal sería servido por procesamiento en un caso en el cual la persona se cree haber cometido un delito Federal y la evidencia admisible se espera que sea suficiente para obtener y mantener una condena. La lista de las consideraciones pertinentes no pretende ser "todo incluido". Evidentemente, no todos los factores serán aplicables a cada caso y en ningún caso en particular uno de los factores puede merecer más peso que puede que en otro caso.

Prioridades de aplicación de la ley federal. Los recursos de la aplicación de la ley federal y recursos judiciales federales no son suficientes para permitir el procesamiento de cada supuesta ofensa sobre cual Federal existe jurisdicción. En consecuencia, en aras de la asignación de sus recursos limitados para lograr un programa de cumplimiento de la vigente Ley en todo el país, de vez en cuando el Departamento establece las prioridades nacionales de investigación y enjuiciamiento. Estas prioridades están diseñadas para enfocar los esfuerzos de aplicación de la Ley Federal de los asuntos dentro de la jurisdicción Federal que merecen más atención Federal y son más propensos a ser manejados eficazmente a nivel Federal. Además, los abogados de Estados Unidos puede establecer sus propias prioridades, dentro de las prioridades nacionales, para concentrar sus recursos en los problemas de importancia local o regional.

Al sopesar el interés Federal en una acusación particular, el fiscal para el gobierno s hould dar consideración cuidadosa en la medida que Fiscalía se acuerda con las prioridades establecidas.

La naturaleza y gravedad del delito. Es importante que limita los recursos federales no desperdiciarse en el enjuiciamiento de casos intrascendentes o casos en que la violación es sólo técnica. Por lo tanto, para determinar si existe un sustancial interés Federal que requiere procesamiento, el fiscal para que el gobierno debe considerar la naturaleza y la gravedad de la infracción involucrados. Varios factores pueden ser relevantes. Un factor que obviamente es de primordial importancia es el impacto real o potencial de la ofensa a la comunidad y de la víctima.

Puede medir el impacto de una ofensa a la comunidad en la cual se ha comprometido en varias formas: en términos de daños económicos a los intereses de la comunidad; en cuanto a un peligro físico para los ciudadanos o daños a la propiedad pública; y en cuanto a la erosión de la tranquilidad de los habitantes y sensación de seguridad. Al evaluar la gravedad de la ofensa en estos términos, el fiscal puede pesar correctamente preguntas tales como si la violación es técnico o relativamente insignificante en la naturaleza y cuál es la actitud pública hacia el enjuiciamiento bajo las circunstancias del caso. El público puede ser indiferente o incluso opuesta, a la aplicación del estatuto de control ya sea por razones sustantivas, o debido a antecedentes de incumplimiento, o porque el delito implica esencialmente un asunto menor de interés privado y la víctima no está interesada en tener persigue. Por otra parte, la naturaleza y circunstancias de la infracción, la identidad del agresor o la víctima o t publicidad operadora puede resultar de tal como crear fuerte sentimiento público a favor de la fiscalía. Mientras que el interés público, o falta de ella, merece especial atención la fiscalía, no debe utilizarse para justificar una decisión de enjuiciar o tomar otra acción, que no puede ser apoyado por otros motivos. Responsabilidad pública y profesional a veces requiere la elección de un curso particularmente impopular.

Las consideraciones económicas, físicas y psicológicas son también importantes para evaluar el impacto de la ofensa de la víctima. En este sentido, es apropiado para el fiscal al tomar en cuenta cuestiones tales como la edad o salud de la víctima y si llena o restitución parcial se ha hecho. En el pesaje de la cuestión de la restitución, sin embargo, debe tenerse cuidado para asegurar contra contribuyendo a una impresión que un delincuente pueda escapar del procesamiento simplemente devolviendo los despojos de su crimen.

Efecto disuasorio de la fiscalía. Disuasión de conducta criminal, ya sea actividad criminal generalmente o de un tipo específico de conducta criminal, es uno de los objetivos primarios de la ley penal. Ello debe tenerse en cuenta, especialmente al momento de decidir si un proceso está garantizado por una ofensa que parecen ser relativamente de menor importancia; algunos delitos, aunque aparentemente no es de gran importancia por sí mismos, si comúnmente cometidos tendría un sustancial impacto acumulativo en la comunidad.

Culpabilidad de la persona. Aunque la Fiscalía tiene pruebas suficientes de culpabilidad, sin embargo es apropiado para él/ella a examinar el grado de culpabilidad de la persona en relación con los delitos, tanto en lo abstracto y en comparación con otros implicados en el delito. Si por ejemplo, la persona era un participante relativamente de menor importancia en una empresa criminal llevada a cabo por otros, o su motivo era digno, y no otras circunstancias requieren de acusación, el fiscal podría concluir razonablemente que algun curso aparte de procesamiento sería apropiada.

Antecedentes penales de la persona. Si una persona es conocida por tener una condena anterior o se cree razonablemente que han participado en actividades criminales en una época anterior, esto debe, ser considerado en la determinación de si iniciar o recomendar la Fiscalía Federal. A este respecto debe prestarse especial atención a la naturaleza de la implicación criminal previo de la persona, cuando ocurrió, su relación si alguno a la actual ofensiva, y si previamente evitó fiscal como resultado de un acuerdo de no enjuiciar a cambio de cooperación o como resultado de una orden que obliga a su testimonio. Por la misma razón, falta de una persona de participación criminal previa o su cooperación con los funcionarios de aplicación de la ley anterior debe darse consideración debida en los casos apropiados.

Voluntad de la persona de cooperar. Voluntad de una persona de cooperar en la investigación o el enjuiciamiento de los demás es otra consideración apropiada en la determinación si debe realizarse una acusación Federal. En términos generales, una voluntad de cooperar debería aliviar no por sí mismo una persona de responsabilidad penal. Puede haber algunos casos, sin embargo, en el cual el valor de la cooperación de una persona supera claramente el interés Federal en el juzgamiento de le. Estos asuntos se discuten más abajo, en relación con acuerdos de súplica y no enjuiciamiento a cambio de cooperación.

Circunstancias personales de la persona. En algunos casos, las circunstancias personales del acusado pueden ser relevantes para determinar si enjuiciar o tomar otra acción. Algunas circunstancias peculiares a los acusados, como extrema juventud, edad avanzada o incapacidad física o mental, pueden sugerir que la Fiscalía no es la respuesta más apropiada a su delito; otras circunstancias, como el hecho de que el acusado ocupó una posición de confianza o de responsabilidad que violó al cometer el delito, podrían pesar a favor de la fiscalía.

La Probable sentencia. Al evaluar la fuerza del interés Federal de acusación, el fiscal que el gobierno debería considerar la sentencia, u otra consecuencia, que es susceptible de ser impuesta si la acusación es acertado y si esa sentencia u otra consecuencia justificaría el tiempo y el esfuerzo de procesamiento. Si el delincuente ya está sujeto a una sentencia sustancial, o ya está encarcelado, como resultado de una condena por otro delito, el fiscal debe pesar la probabilidad de que otra convicción resultará en una adición significativa a su sentencia, podría de otro modo tener un efecto disuasivo, o es necesario garantizar que registro del agresor refleja con precisión el alcance de su conducta criminal. Por ejemplo, podría ser deseable para iniciar un juicio contra una persona que ya ha sido condenado por otro delito para que personal policial y funcionarios judiciales que le encuentran en el futuro wil l ser conscientes del riesgo de le liberación bajo fianza fianza de salto. Por otro lado, si la persona está en libertad condicional o libertad condicional como resultado de una condena anterior, el fiscal debe considerar si el interés público, mejor puede ser servido por instituir un proceso por violación de libertad condicional o la revocación de libertad condicional, que por iniciar un nuevo juicio. El fiscal también debe estar alertas a la conveniencia de instituir la Fiscalía para impedir la ejecución de la ley de prescripción y para preservar la disponibilidad de la base de una frase adecuada si parece que hay una oportunidad que un delincuente previo de convicción puede revertirse en apelación o ataque colateral. Finalmente, si una persona ha sido procesada anteriormente en otra jurisdicción por el mismo delito o un delito estrechamente relacionado, el fiscal para el gobierno debe consultar declaraciones de política departamental existente sobre el tema de "Fiscalía sucesiva" o "doble enjuiciamiento," dependiendo de si la acusación anterior w como Federal o nonfederal. Ver USAM 9-2.031 (Petite política).

Así como hay factores que son apropiados para considerar en la determinación de si tendría un interés sustancial Federal por procesamiento en un caso particular, existen consideraciones que no merecen ningún peso y no deben influir en la decisión. Estos incluyen el tiempo y los recursos gastados en investigación Federal del caso. Ninguna cantidad de esfuerzo investigativo garantiza que a partir de una acusación Federal que no está plenamente justificada por otros motivos.

[citado en USAM 9-2.031; USAM 9-27.220]

9-27.240

Iniciando y la disminución de los cargos — acusación en otra jurisdicción

Para determinar si acusación debe ser rechazada porque la persona es sujeto a enjuiciamiento eficaz en otra jurisdicción, el fiscal que el gobierno debería sopesar todas las consideraciones pertinentes, incluyendo:

La fuerza del interés de la otra jurisdicción en procesamiento;
Las otras jurisdicciones habilidad y disposición para procesar eficazmente; y

La probable sentencia u otras consecuencias si la persona es condenada en la otra jurisdicción.

Comentario. En muchos casos, es posible enjuiciar la conducta criminal en más de una jurisdicción. Aunque puede haber casos en que un Fiscal Federal tal vez desee examinar deferir al procesamiento en otro Distrito Federal, en la mayoría de los casos la elección será entre Fiscalía Federal y la Fiscalía de estado o de las autoridades locales. USAM 9-27.240 conjuntos adelante tres consideraciones generales que deben tenerse en cuenta para determinar si una persona es probable ser procesados eficazmente en otra jurisdicción: la fuerza del interés de la jurisdicción en procesamiento; su capacidad y voluntad para procesar eficazmente; y la probable sentencia u otras consecuencias si la persona es culpable. Como se indicó con respecto a las consideraciones enunciadas en el párrafo 3, estos factores son ilustrativos solamente, y el fiscal para que el gobierno debe considerar también cualesquiera otras que parecen relevantes para su en una particular e cas.

La fuerza de interés de la jurisdicción. El fiscal para el gobierno debería considerar la Federal relativa y estado las características de la conducta criminal implicado. Algunos delitos, aunque en violación de la Ley Federal, son de particular interés a las autoridades del estado o jurisdicción local en el que ocurren, ya sea debido a la naturaleza de la ofensa, la identidad del agresor o víctima, el hecho de que la investigación se llevó a cabo principalmente por el estado o investigadores locales o alguna otra circunstancia. Cualquiera sea la razón, cuando parece que el interés en la Fiscalía Federal es menos importante que el interés del estado o las autoridades locales, debe prestarse atención a referir el caso a las autoridades en lugar de comenzar o recomendar una acusación Federal.

Capacidad y voluntad para procesar eficazmente. Al evaluar la probabilidad de procesamiento efectivo en otra jurisdicción, el fiscal que el gobierno debe considerar también la intención de las autoridades de esa jurisdicción y si esa jurisdicción cuenta con los recursos fiscales y judiciales necesarios para emprender la persecución con prontitud y eficacia. Otros factores pertinentes podrían ser problemas jurídicos o probatorios que podrían asistir a juicio en el fuero. Además, el Fiscal Federal debe estar atentos a las condiciones locales, actitudes, relaciones u otras circunstancias que podrían poner en duda la posibilidad de que el estado o las autoridades locales llevar a cabo un procesamiento profundo y acertado.

Probable sentencia convicta. La última medida del potencial de procesamiento efectivo en otra jurisdicción es la oración, u otra consecuencia, que es probable que se impondrá si la persona es culpable. Al considerar este factor, el fiscal que el gobierno debe tener en cuenta no sólo las penas legales en la jurisdicción y los patrones de sentencias en casos similares, pero también, las características particulares del delito o del delincuente que pueda ser relevante con la sentencia. También debe estar alerta ante la posibilidad que una condena bajo las leyes estatales puede, en algún resultado casos consecuencias colaterales para el acusado, como la exclusión, que no podría seguir una convicta bajo la Ley Federal.

[citado en USAM 5-11.113; USAM 9-27.220; USAM 9-28.1100]

9-27.250
No penales alternativas a la Fiscalía

En la determinación de si la acusación debe ser rechazada porque existe una adecuada, no penal alternativa a la acusación, el fiscal para el gobierno debe considerar todos los factores pertinentes, incluyendo:

Las sanciones disponibles bajo los medios alternativos de la disposición;

La probabilidad de que se impondrá una sanción efectiva; y

El efecto de la disposición no penales en los intereses de aplicación de la Ley Federal.

Comentario. Cuando una persona ha cometido un delito Federal, es importante que la ley responde puntualmente, justa y eficaz. Esto no significa, sin embargo, que debe iniciarse un proceso penal. En reconocimiento del hecho que recurren al proceso penal no es necesariamente la única respuesta adecuada a las formas graves de actividad antisocial, Congreso y las legislaturas estatales han proporcionado recursos civiles y administrativos para muchos tipos de conducta que también pueden ser objeto de sanción penal. Ejemplos de tales enfoques no penales procedimientos tributarios civiles; acciones civiles bajo los valores, costumbres, antimonopolios u otras leyes reglamentarias; y referencia de quejas a las autoridades de licencias o a organizaciones profesionales tales como colegios de abogados. Otra alternativa potencialmente útil para el procesamiento en algunos casos es distracción antes del juicio. Ver USAM 9-22.000.

Abogados del gobierno deberán familiarizarse con estas alternativas y deben considerar persiguiéndolos si están disponibles en un caso particular. Aunque en algunas ocasiones debe proseguirse además de los procedimientos penales, en otras ocasiones cabe esperar para proporcionar un sustituto eficaz del enjuiciamiento penal. En el pesaje de la adecuación de dicha alternativa en un caso particular, el fiscal debe considerar la naturaleza y severidad de las sanciones que podrían imponerse, la probabilidad de que en realidad se impondría una sanción adecuada y el efecto de dicha disposición no penales en los intereses de aplicación de la Ley Federal. Cabe señalar que referencias para su disposición no penales no pueden incluir a la transferencia de material de gran jurado a menos que una orden bajo disposiciones de la regla, reglas federales de procedimiento penal, se ha obtenido. Ver Estados Unidos v. vende Engineering, Inc., 463 U.S. 418 (1983).

[citado en USAM 9-27.220; USAM 9-28.1100]

9-27.260

Iniciando y la disminución de los cargos — consideraciones inadmisibles

Para determinar si se debe iniciar o recomendar enjuiciamiento o tomar otras medidas contra una persona, el fiscal para el gobierno no debe ser influenciado por:

De la persona raza, religión, sexo, origen nacional, o asociación política, actividades o creencias;

Los sentimientos personales del propio fiscal relativa a la persona, asociados de la persona o la víctima; o

El posible efecto de la decisión sobre las circunstancias del abogado profesional o personal.

Comentario. USAM 9-27.260 establece diversas cuestiones que claramente deben no influyen en la determinación de si iniciar o recomendar enjuiciamiento o tomar otras medidas. No se enumeran aquí porque se prevé que cualquier abogado para que el gobierno podría permitir a afectar su juicio, pero con el fin de dejar en claro que los fiscales federales no se verá afectado por tales consideraciones inadecuadas. Por supuesto, en un caso en el cual una característica particular enumerada en el párrafo (1) es pertinente a la ofensa (por ejemplo, en un caso de inmigración el hecho de que el agresor no es un nacional de Estados Unidos, o en un caso derechos civiles el hecho de que la víctima y el agresor son de diferentes razas), la disposición no impediría el fiscal considerando para los fines previstos por el Congreso.

[citado en USAM 8-3.300]

9-27.270
Registros de procesamientos declinados

Cuando el fiscal para el gobierno se niega a comenzar o recomendar la acusación Federal, debe asegurar que su decisión y las razones por lo tanto son comunicadas a la Agencia investigadora involucrados y a cualquier otra agencia interesado y se reflejan en los archivos de office.

Comentario. USAM 9-27.270 está destinado principalmente a asegurar un registro adecuado de disposición de asuntos que son traídos a la atención del fiscal del gobierno para un posible procesamiento penal, pero que no resultan en la Fiscalía Federal. Cuando la acusación sea rechazada en los casos graves en el entendimiento de que se tomarán por otras autoridades, deben tomarse las medidas adecuadas para garantizar que la materia reciba su atención y para asegurar la coordinación o seguimiento.

9-27.300
Selección de cargos — infracciones más graves de carga

Salvo lo dispuesto en USAM 9-27.330, (acuerdos de precarga súplica), una vez efectuada la decisión de enjuiciar, el fiscal para el gobierno debería cobrar, o que debe recomendar el cargo de jurado, el delito más grave que es consistente con la naturaleza de la conducta del acusado, y que es probable que resulte en una convicción sostenible. Si las penas mínimas obligatorias también están involucradas, debe considerarse su efecto, teniendo en cuenta el hecho de que un mínimo obligatorio es legal y generalmente anula una pauta. La ofensiva "más grave" es generalmente lo que produce la gama más alta bajo los lineamientos de la sentencia.

Sin embargo, una honesta y fiel aplicación de las pautas de sentencia no es incompatible con la selección de los cargos o entrar en acuerdos de la declaración sobre la base de una evaluación individualizada de la medida en que cargos particulares encajan las circunstancias específicas del caso, son consistentes con los propósitos del Código Penal Federal y maximizan el impacto de los recursos federales contra el crimen. Así, por ejemplo, para determinar "la ofensa más grave que es consistente con la naturaleza de la conducta del acusado que es probable que resulte en una convicción sostenible", es apropiado que el fiscal para que el Gobierno considera, entre otras cosas, factores tales como la gama de pauta sentencia rendida por el cargo, si la pena cedidos por dicha sentencia gama (o potencial tarifa mínima obligatoriaSi es aplicable) es proporcional a la gravedad de la conducta del acusado, y si la carga alcanza tales fines del derecho penal como castigo, la protección del lic pub, disuasión específica y general y rehabilitación. Tenga en cuenta que estos factores también pueden considerarse por el abogado del gobierno al entrar en acuerdos de súplica. 9-27.400 USAM.

Para asegurar consistencia y rendición de cuentas, carga y súplica decisiones de acuerdo será hechas a un nivel adecuado de responsabilidad y documentadas con un registro adecuado de los factores aplicados.

Comentario. Una vez se ha determinado para iniciar el procesamiento, mediante la presentación de una queja o una información, o por buscar una acusación del gran jurado, el fiscal que el gobierno debe determinar qué cargos a presentar o recomendar. Cuando la conducta en cuestión consiste en un acto criminal, o cuando existe sólo una ley aplicable, esto no es una tarea difícil. Por lo general, sin embargo, un acusado habrá cometido más de un acto criminal y su conducta puede ser enjuiciado bajo más de un estatuto. Por otra parte, la selección de cargos puede complicarse más por el hecho de que los estatutos diferentes tienen diferentes requerimientos de prueba y proporcionan sustancialmente diferentes penas. En tales casos, considerable atención es necesaria para asegurar la selección de las cargas o de carga adecuada. Además de revisar las preocupaciones que motivó la decisión de juzgar en primera instancia, debe prestarse especial atención a la necesidad de asegurar que la Fiscalía será b oth justa y eficaz.

Al principio, el fiscal que el gobierno debe tener en cuenta que en el juicio tendrá que producir pruebas admisibles suficientes para obtener y mantener una condena o si el gobierno va a sufrir un despido. Por esta razón, no deben incluir en una información o recomendar en una acusación cargos que él/ella no puede razonablemente esperar para probar más allá de una duda razonable por legalmente suficiente evidencia en el juicio.

En relación con la base probatoria para los cargos seleccionados, el fiscal también debería ser particularmente consciente de los diversos requisitos de prueba bajo diferentes estatutos abarca conductas similares. Por ejemplo, las disposiciones de soborno del 18 U.S.C. § 201 requieren prueba de "intento de corrupto", mientras que el ' no disposiciones "propina". Del mismo modo, "dos testigos" aplica la regla procesamientos perjurio bajo 18 U.S.C. § 1621 pero no menores de 18 U.S.C. § 1623.

Como se indicó, un Fiscal Federal debe cargar inicialmente el delito más grave, fácilmente demostrable u ofensas consistentes con la conducta del acusado. No deberán presentarse cargos simplemente para ejercer influencia para inducir una súplica, ni deben abandonar los cargos en un esfuerzo por llegar a un pacto que no refleja la gravedad de la conducta del acusado.

USAM 9-27.300 expresa el principio de que el acusado debe ser cargado con la ofensa más grave que es abarcado por su conducta y que es fácilmente demostrable. Normalmente, como se señaló anteriormente será el delito para el cual la pena más severa es proporcionada por ley y las pautas. Donde dos crímenes tienen el mismo máximo legal y el mismo rango de pauta, pero sólo contiene una pena mínima obligatoria, con el mínimo obligatorio es el más grave. Este principio establece el marco para asegurar la justicia equitativa en el enjuiciamiento de delincuentes federales. Garantiza que cada acusado se iniciará desde la misma posición, cargada con el acto criminal más grave que comete. Por supuesto, también puede cargar con otros actos criminales (según lo dispuesto en la USAM 9-27.320), si la prueba y el gobierno es legítimo objetivos de cumplimiento de la ley garantizan cargos adicionales. Actuales leyes contra las drogas proporcionan máxima creciente y en algunas penas mínimas, casos para muchos delitos sobre la base de condenas penales anteriores del acusado. Véase, por ejemplo, 21 U.S.C. §§ 841 (b)(1)(A),(B)) y (C), 848(a), 960 (1, (2) y (3) y 962. Sin embargo, un tribunal no puede imponer una pena tal aumento a menos que el fiscal de Estados Unidos ha presentado una información ante el Tribunal, antes del juicio o antes de la entrada de una declaración de culpabilidad, exponiendo las convicciones anteriores a confiar en 21 U.S.C. § 851.

Cada fiscal debe considerar la presentación de una información bajo 21 U.S.C. § 851 relativas a condenas previas como equivalente a la presentación de cargos. Al igual que un fiscal debe presentar una carga fácilmente demostrable, él o ella debe presentar una información bajo 21 U.S.C. § 851 sobre condenas previas que son fácilmente demostrables y que son conocidos por el fiscal antes del comienzo del juicio o entrada de súplica. Las únicas excepciones a este requisito son donde: (1) la falta de archivo o el despido de tales alegatos no afectaría a la gama de pauta aplicable desde que la condena sea impuesta; o (2) en el contexto de un acuerdo negociado, el fiscal de Estados Unidos, el principal asistente del fiscal de Estados Unidos, la supervisión penal asistente Estados Unidos abogado senior o dentro del Departamento de justicia, un jefe de sección o Director de la oficina ha aprobado el acuerdo negociado. Las razones de tal acuerdo deben establecerse en la escritura. Tal razón yo podría ncluir, por ejemplo, que la Fiscalía de Estados Unidos es particularmente sobrecargada, el caso sería desperdiciador de tiempo probar, y proceder a juicio reduciría significativamente el número total de casos desechados por la oficina. Los acuerdos permisibles dentro de este contexto incluyen: (1) no presentará una mejora; (2) presentar una mejora que alegan no todas las condenas anteriores pertinentes, mejora de tal modo solamente parcialmente sentencia potencial de un acusado; y (3) descartando una mejora presentada anteriormente.

Un acuerdo negociado que usa cualquiera de las opciones descritas en esta sección debe hacerse conocer al Tribunal de sentencia. Además, la sentencia que puede ser impuesta por el acuerdo negociado debe reflejar adecuadamente la seriedad de la ofensa.

131

Los fiscales se les recuerdos que cuando un acusado comete un robo armado u otro crimen de violencia o trata de narcotráfico, cargos apropiados incluyen 18 U.S.C. § 924 (c).

[citado en USAM 9-27.400; USAM 9-28.1200; USAM 9-100.020]
9-27.320
<u>Cargos adicionales</u>

Excepto como más allá siempre, el fiscal para el gobierno debe también cargar o recomendar que el cargo de jurado, otros delitos sólo cuando, a su juicio, los cargos adicionales:

Son necesarias para garantizar que la información o acusación:
Refleje adecuadamente la naturaleza y el alcance de la conducta criminal implicada; y

Proporciona la base para una sentencia apropiada bajo todas las circunstancias del caso; o

Mejorará significativamente la fuerza del caso del gobierno contra el demandado o un coacusado.

Comentario. Es importante para la administración de justicia equitativa y eficiente en el sistema Federal que el Gobierno presentar cargos como pocos que sean necesarios para garantizar que se haga justicia. El ejercicio de cargos innecesarios no sólo complica y prolonga los ensayos, constituye un excesivo — y potencialmente injusto — ejercicio del poder. Para ejercicios apropiadamente limitadas de la carga eléctrica, USAM 9-27.320 situaciones generales de contornos tres en el cual podrán presentar cargos adicionales: (1) cuando sea necesario adecuadamente para reflejar la naturaleza y el alcance de la conducta criminal implicada; (2) cuando sea necesario para proporcionar la base para una sentencia apropiada bajo todas las circunstancias del caso; y (3) cuando un cargo adicional o cargos fortalecería considerablemente el caso contra el acusado o un coacusado.

Naturaleza y el alcance de la conducta Criminal. Aparte de las consideraciones probatorias, preocupación inicial la fiscalía debe seleccionar los cargos que reflejen adecuadamente la naturaleza y el alcance de la conducta criminal implicada. Esto significa que los cargos seleccionados bastante deben describir el tipo y el alcance de la actividad ilícita; debe ser legalmente suficiente; debe notificar al público de la gravedad de la conducta involucrada; y debe negar cualquier impresión, después cometiendo uno delito, un delincuente puede cometer otros impunemente.

Base para la sentencia. Selección de carga adecuada también requiere consideración del resultado final de procesamiento exitoso — la imposición de una pena apropiada bajo todas las circunstancias del caso. Para lograr este resultado, normalmente no debería ser necesario a una persona por cada delito para el cual él/ella, técnicamente puede ser responsable (de hecho, tal ofensa de carga puede en algunos casos ser percibido como un injusto intento de inducir una declaración de culpabilidad). Lo importante es que la persona ser acusada de tal manera que, si él/ella es culpable, el tribunal puede imponer una sentencia apropiada. Bajo los lineamientos de la sentencia, si la ofensa cargada en realidad lleva una verdadera relación con la conducta del acusado, una frase adecuada pauta seguirá. Sin embargo, el fiscal debe tener cuidado para asegurarse que los cargos presentados permiten las directrices funcionar correctamente. Por ejemplo, cargar un importante participante en una conspiración de drogas sólo contigo cantar una facilidad de comunicación resultaría en una frase que, aunque sea el máximo posible bajo la carga ofensiva, sería artificialmente baja teniendo en cuenta la conducta del acusado real.

Efecto en el caso del gobierno. Al considerar si desea incluir una carga particular en la acusación o la información, el fiscal que el gobierno debe tener en cuenta los posibles efectos de la inclusión o exclusión de la carga en el caso del gobierno contra el demandado o un coacusado. Si la evidencia disponible, es apropiado considerar las ventajas tácticas de

133

ciertos cargos. Por ejemplo, en un caso en que se cometió en virtud de un acuerdo ilegal una ofensa sustantiva, inclusión de una cuenta de conspiración está permitido y puede ser deseable para asegurar la introducción de todas las pruebas pertinentes en el juicio. Asimismo, sería importante incluir un recuento declaración perjurio o falso en una acusación de carga otros delitos, con el fin de darle al jurado una imagen completa de la conducta del acusado criminal. Imposibilidad de incluir cargos apropiados para que la prueba es suficiente podría no resultar solamente en la exclusión, de las pruebas pertinentes, pero ma y afectar la capacidad del Ministerio probar un caso coherente, y llevar a confusión jurado también. En este sentido, es importante recordar que, acusados de varios casos, la presencia o ausencia de una determinada carga contra un acusado puede afectar la fuerza de la causa contra otro de los acusados. En definitiva, cuando existe la evidencia, los cargos deben estructurarse con el fin de permitir la prueba de la caja más fuerte posible sin una carga excesiva en la administración de justicia.

[citado en USAM 6-4.210; 9-27.300 USAM]

9-27.330
Precarga súplica acuerdos

Antes de presentar o recomendar los cargos en virtud de un acuerdo de culpabilidad de precarga, el fiscal que el gobierno debe consultar las disposiciones del acuerdo de declaración de la USAM, 9-27.430, relativos a la selección de los cargos a los que un acusado debe ser obligado a declararse culpable.

[citado en USAM 9-27.300]

9-27.400
Los acuerdos de la declaración general

El fiscal para el gobierno podrá, en caso apropiado, entrar en un acuerdo con un acusado que, al declararse culpable o nolo contendere a una ofensa cargada o a una menor del acusado u ofensa relacionada, trasladará para el despido de otros cargos, tomar una determinada posición con respecto a la sentencia que se impondrá, o tomar otras medidas. Acuerdos de súplica y el papel de los tribunales en tales acuerdos, se tratan en el capítulo 6 de las directrices de la sentencia. Véase también USAM 9-27.300 que discute la evaluación individualizada por los fiscales de la medida en que cargos particulares encajan las circunstancias específicas del caso, son consistentes con los propósitos del Código Penal Federal y maximizan el impacto de los recursos federales contra el crimen.

Comentario. USAM 9-27.400 permite, en casos apropiados, la disposición de los cargos en virtud de acuerdos de la declaración entre los acusados y abogados del Gobierno Federal. Tales disposiciones negociadas deben distinguirse de las situaciones en las que el acusado se declara culpable o nolo contendere a menos que todos los cargos de una información o una acusación ante la ausencia de cualquier acuerdo con el gobierno. Solamente el antiguo tipo de disposición es cubierto por las disposiciones de la USAM 9-27.400 et seq.

Las disposiciones del acuerdo negociado explícitamente sean sancionadas por regla 11(e)(1), Fed. R. Crim. P., que establece que:

El fiscal para el gobierno y el abogado de la acusada o el acusado cuando actúa pro se pueden entablar discusiones con miras a alcanzar un acuerdo que a la entrada de una súplica de culpable o nolo contendere a una ofensa cargada o a un menor o delito relacionado, el fiscal para el gobierno hará alguno de los siguientes:

Movimiento para el despido de otros cargos; o

Hacer una recomendación, o acepta no se oponen, a petición del acusado para una frase particular, con el entendido de que dicha recomendación o petición no será vinculante en la corte; o

Acepta que una sentencia específica es la disposición adecuada del caso.

Tres tipos de acuerdos de la declaración son considerados por el lenguaje de acuerdos USAM 9-27.400, por el que a cambio por petición del demandado a una ofensa cargada o a una menor o delito relacionado, otros cargos son despedidos ("acuerdos de carga"); los acuerdos en virtud del cual el gobierno asume una posición determinada con respecto a la sentencia que impusieron ("oración acuerdos"); y acuerdos que combinan un alegato con el sobreseimiento de los cargos y un compromiso por parte del fiscal relativa a la posición del gobierno en sentencia ("contratos mixtos").

Una vez que los fiscales han acusado, no deberían encontrarse negociación de cargos que ellos han determinado son fácilmente demostrables y reflejan la gravedad de la conducta del acusado. Carga acuerdos prevén despidos de cargos a cambio de un acuerdo. Como con la decisión de la acusación, el fiscal debe buscar una súplica a la más grave fácilmente demostrable ofensa cargada. Un fiscal debe determinar de buena fe después de acusación que, como resultado de un cambio en las pruebas o por otra razón (por ejemplo, ha surgido una necesidad para proteger la identidad de un testigo determinado hasta que él o ella testifica contra un acusado más significativo), un cargo no es fácilmente demostrable o que una acusación exagera la gravedad de un delito o delitos, un acuerdo puede reflejar la reevaluación de la fiscalía. Debe haber documentación, sin embargo, en un caso en el que originalmente traídas los cargos.

El lenguaje de la USAM 9-27.400 con respecto a los acuerdos de la sentencia se destina a cubrir toda la gama de posiciones que el gobierno tal vez desee tomar en el momento de la sentencia. Entre las opciones son: no tomar ninguna posición con respecto a la oración; no oponerse a la petición del acusado; solicitar un tipo específico de oración (por ejemplo, una multa o la libertad condicional), una multa específica o de prisión, o no más de un bien específico o plazo de prisión; y solicitando penas concurrentes más consecutivas. Acuerdo a cualquier tal opción debe ser coherente con las directrices.

Existen sólo dos tipos de oración gangas. Ambos son permitidos, pero uno es más complicado que el otro. En primer lugar, los fiscales pueden negociar por una frase que está al alcance de la especificada Estados Unidos condena de la Comisión Directiva. Esto significa que cuando una pauta gama 18 a 24 meses, el fiscal tiene discreción de acuerdo para recomendar una pena de 18 a 20 meses en lugar de argumentar en favor de una sentencia en la parte superior de la gama. Esa alegación no requiere que la gama actual sentencia determinada de antemano. El acuerdo puede tener texto en el sentido de que una vez que el rango está determinado por la corte, los Estados Unidos recomendará un punto bajo en ese rango. Asimismo, el fiscal podrá acordar recomendar un ajuste a la baja para la aceptación de la responsabilidad si él o ella concluye en buena fe que el acusado tiene derecho a la adaptación. En segundo lugar, el fiscal puede buscar a partir de las directrices. Esto es más complicado que un negocio que implica una sentencia dentro de un rango de pauta. Salidas más generalmente se examinan a continuación.

Departamento política requiere honestidad de la sentencia; Los fiscales federales se esperan identificar por las salidas de corte cuando están dispuestos a apoyarlos. Por ejemplo, sería inadecuada para un fiscal coinciden en que es una salida en orden, sino para ocultar el acuerdo con un pacto de carga que se presenta ante un tribunal como un hecho consumado, así que no hay un registro de ni revisión judicial de la partida.

Súplica de negociación, que ambos cobran negociación y negociación, sentencia debe reflejar honestamente la totalidad y la gravedad de la conducta del acusado y cualquier salida a la que el fiscal está de acuerdo y debe realizarse por medio de disposiciones apropiadas pauta.

La política básica es que los cargos no son deben ser negociadas fuera o caído, a menos que el fiscal tiene una duda de buena fe en cuanto a la capacidad del gobierno fácilmente para probar una acusación por motivos jurídicos o probatorios. Hay, sin embargo, dos excepciones.

En primer lugar, si el rango de pauta aplicable que sea impuesta una condena sería afectado, fácilmente demostrables cargos pueden ser despedidos o cayó como parte de un acuerdo. Es importante saber si cae una carga puede afectar una sentencia. Por ejemplo, la ofensa múltiples reglas en la parte D del capítulo 3 de las directrices y la conducta relevante estándar establecido en sentencia pauta 1B1.3(a)(2) significará que ciertos cargos caídos se computará para efectos de determinar la pena, conforme a la máxima legal para el delito o delitos de convicción. Es vital que los fiscales federales entiendan cuando la conducta que no está acusado en una acusación o una conducta que se alega en cuentas que se van a ser despedidos en virtud de un acuerdo puede ser contado a efectos de la sentencia y cuando no puede ser. Por ejemplo, en el caso de un acusado que podría cargarse con cinco robos, la decisión de acusar a sólo uno del banco o para despedir a cuatro cargos en virtud de una barra de ganancia excluye cualquier consideración de los cuatro robos sin cargos o despedidos en la determinación de una serie de directrices, a menos que el acuerdo incluye una cláusula en cuanto a los otros robos. En contraste, en el caso de un acusado que podría ser acusado de cinco cargos de fraude, la cantidad total de dinero involucrado en un esquema fraudulento se considerará una gama de pauta para determinar si el acusado se declara culpable de un cargo único y no hay ninguna estipulación en cuanto a las otras cuentas.

En segundo lugar, los fiscales federales pueden retirar cargos fácilmente demostrables con la aprobación específica de la Fiscalía de Estados Unidos o designado supervisor oficial nivel razones establecidas en el archivo del caso. Esta excepción reconoce que los objetivos de la ley de reforma de sentencia deben buscarse sin ignorar otros aspectos críticos del sistema de Justicia Penal Federal. Por ejemplo, podrían darse aprobaciones para retirar los cargos en un caso particular porque la Fiscalía de Estados Unidos es particularmente sobrecargada, el caso sería desperdiciador de tiempo probar y proceder a juicio reduciría significativamente el número total de casos desechados por la oficina.

En el capítulo 5, K parte de las pautas de sentencia, la Comisión ha enumerado llegadas que pueden ser considerados por un tribunal a imponer una condena. Por otra parte, pauta 5K2.0 reconoce que un tribunal de sentencia puede considerar un terreno para la partida que no ha sido debidamente considerada por la Comisión. Una salida requiere aprobación por el tribunal. Viola el espíritu de las directrices y política del Departamento de fiscal a entablar una negociación que se basa en el acuerdo de la fiscalía y el acusado que se justifica una salida, pero que no revelan la existencia de la partida ante el Tribunal y así permitir la corte la oportunidad de rechazarlo.

La Comisión ha reconocido esas bases de partida que comúnmente están justificadas. Por consiguiente, antes de que el gobierno puede buscar una salida basada en un factor que no sea un juego adelante en el capítulo 5, parte X, aprobación de la Fiscalía de Estados Unidos o designados funcionarios de supervisión es necesaria. Esta aprobación se requiere o no un caso se resuelve a través de un acuerdo negociado.

Sección 5K1.1 de las pautas de sentencia permite a los Estados Unidos presentar un alegato ante el Tribunal de sentencia que permite al tribunal que salen por debajo de la pauta indicada, sobre la base de que el acusado prestó asistencia sustancial en la investigación o el enjuiciamiento de otra. Autoridad para aprobar dichos alegatos se limita a la Fiscalía de Estados Unidos, el Jefe Asistente del fiscal de Estados Unidos y supervisión criminalistas asistente de Estados Unidos o un Comité, incluyendo al menos uno de estos individuos. Del mismo modo, para los abogados del Departamento de justicia, autoridad de aprobación debe ser investida en diputado de dicho funcionario, un jefe de sección o Director de la oficina, o en un Comité que incluye al menos uno de estos individuos.

Cada fiscal de Estados Unidos o el Departamento de justicia jefe o Director de la Oficina deberá mantener la documentación de los hechos detrás y justificación para cada súplica de ayuda sustancial. El repositorio o repositorios de esta documentación no es necesario el archivo del caso. Libertad de consideraciones Information Act puede sugerir que se mantenga una forma separada mostrando la decisión final.

Los procedimientos descritos anteriormente se aplicarán también a mociones presentadas en virtud de la regla indemnizables, Federal Rules of Criminal Procedure, donde se redujo la sentencia de un acusado cooperó después de sentencia en el movimiento de los Estados Unidos. Tal & # 243n se considera para que fines de sentencia a ser el equivalente de una ayuda sustancial suplicando.

La concesión requerida por el gobierno como parte de un acuerdo de culpabilidad, ya sea un "acuerdo de carga", un "acuerdo de la frase," o un "acuerdo mixto", deben ser ponderados por el fiscal de gobierno responsable teniendo en cuenta las probables ventajas y desventajas de la disposición del acuerdo propuesto en el caso particular. Debe ejercerse especial cuidado en la consideración de si entrar en un acuerdo en virtud del cual el acusado entrará en un alegato de nolo contendere. Como se discutió en la USAM 9-27.500 y USAM 9-16.000, hay serias objeciones a tales súplicas y se opone a menos que el Fiscal General Adjunto responsable llegó a la conclusión de que las circunstancias son tan inusuales que la aceptación de esa alegación estaría en el interés público.

[actualizado en septiembre de 2000] [citado en USAM 9-16.300; USAM 9-16.320; USAM 9-27.300; USAM 9-28.1300]

9-27.420

Acuerdos de súplica — consideraciones a ser pesado

Para determinar si sería apropiado entrar en un acuerdo de culpabilidad, el fiscal que el gobierno debería sopesar todas las consideraciones pertinentes, incluyendo:

Voluntad del acusado de cooperar en la investigación o el enjuiciamiento de los demás;

Historia del acusado con respecto a la actividad criminal;

La naturaleza y gravedad de la ofensa u ofensas cargada;

Remordimiento del acusado o arrepentimiento y su voluntad de asumir la responsabilidad de su conducta;

La conveniencia de símbolo del sistema y cierta disposición del caso;

La probabilidad de obtener una condena en el juicio;

El efecto probable de testigos;

La probable sentencia u otras consecuencias si el acusado es condenado;

El interés público en tener el caso tratado en lugar de desechar por una declaración de culpabilidad;

Los gastos de juicio y apelación;

La necesidad de evitar demoras en la disposición de otros pendientes casos; y

El efecto sobre el derecho a la restitución de la víctima.

Comentario. USAM 9-27.420 conjuntos adelante algunas de las consideraciones apropiadas para ser ponderados por el fiscal para el gobierno en decidir si debe entrar en un acuerdo de culpabilidad con un acusado en virtud de las disposiciones de la regla 11, alimentado. R. crim P. La disposición no pretende sugerir la conveniencia o falta de conveniencia de un acuerdo en ningún caso particular o interpretarse como una reflexión sobre los méritos de cualquier acuerdo que en realidad puede ser alcanzado; su propósito es únicamente ayudar a los abogados del gobierno en el ejercicio de su juicio sobre si algún tipo de acuerdo es apropiado en un caso particular. Abogados del gobierno deben consultar a la Agencia investigadora involucrados y la víctima, si apropiado o requerido por la ley, en cualquier caso en que sería útil tener sus puntos de vista con respecto a la relevancia de factores particulares o por el peso que se merecen.

Cooperación del acusado. Voluntad del acusado de prestar cooperación oportuna y útil como parte de su acuerdo de culpabilidad debe dar seria consideración. El peso que merece variará, por supuesto, dependiendo de la naturaleza y el valor de la cooperación brindada y si puede obtener el mismo beneficio sin tener que hacer la concesión de cargos ni sentencia que estarían implicada en un acuerdo de culpabilidad. En muchas situaciones, por ejemplo, toda la cooperación necesaria en forma de testimonio puede obtenerse a través de una orden de compulsión menores de 18 U.S.C.§§ 6001-6003. En tales casos, este enfoque debe ser intentado a menos que, dadas las circunstancias, en serio interferiría con la sujeción de convicción de la persona. Si la cooperación del acusado es suficientemente importante para justificar la presentación de un 5K1.1 movimiento para una salida hacia abajo, los procedimientos establecidos en la USAM 9-27.400(B) deberá ser seguido.

Historia Criminal del acusado. Uno de los principales argumentos contra la práctica de la negociación de la declaración es que resulta en la indulgencia que reduce el impacto disuasorio de la ley y conduce a la reincidencia por parte de algunos delincuentes. Aunque esta preocupación es probablemente más relevante en las jurisdicciones no federales que deben disponer de grandes volúmenes de casos rutinarios con recursos insuficientes, sin embargo debe tenerse en cuenta por los fiscales federales, especialmente al tratar con repetir los delincuentes o "criminales". Debe tenerse cuidado especial en el caso de un acusado con un registro criminal previo para garantizar que la necesidad de la sociedad para la protección no es sacrificada en el proceso de llegar a una disposición del acuerdo. En este sentido, es apropiado para el fiscal del gobierno a considerar no sólo el acusado es pasado, sino también hechos de la otra implicación criminal no resultando en condena. Por la misma razón, por supuesto, también es adecuado considerar la ausencia del acusado de implicación criminal pasada y pasada su cooperación con las autoridades policiales. Nota que 18 U.S.C.§ 924(e), así como las pautas de sentencia 4B1.1 y 4B1.4 dirección "criminales" y "criminales de carrera armados". 18 U.S.C. § 3559 (c) — el estatuto denominado "tres strikes" — se dirige a los infractores reincidentes violentos graves. La aplicación de estas disposiciones a un caso particular puede afectar la postura de negociación de acuerdo de las partes.

La naturaleza y gravedad del delito acusado. Consideraciones importantes en la determinación de si se debe entrar en un acuerdo de culpabilidad pueden ser la naturaleza y la gravedad de la ofensa o acusados de delitos. En el pesaje de esos factores, el fiscal que el gobierno debe tener en cuenta que los intereses trató de ser protegidos por el estatuto definiendo la ofensa (por ejemplo, la defensa nacional, los derechos constitucionales, el proceso gubernamental, seguridad personal, bienestar público o propiedad), así como la naturaleza y el grado del daño causado o amenazado a esos intereses y cualquier circunstancias acompañantes que agravar o atenuar la gravedad de la infracción en el caso particular.

Actitud del demandado. Un acusado puede demostrar aparentemente genuino remordimiento o arrepentimiento y una disposición a asumir la responsabilidad de su conducta criminal, por ejemplo, los esfuerzos para compensar a la víctima por lesiones o la pérdida, o de otro tipo para mitigar las consecuencias de sus actos. Estos son factores que llevan a la probabilidad de su repetición de la conducta implicados y correctamente que consideren al decidir si un acuerdo de culpabilidad sería apropiado. Sentencia pauta 3E1.1 permite un ajuste a la baja tras la aceptación de responsabilidad por parte del demandado. Es permisible para un fiscal entrar en un acuerdo que se aprueba tal un ajuste si el demandado cumple con los requisitos de la sección.

Es particularmente importante que el acusado no se le permitirá declararse culpable en circunstancias en que se le permita luego proclamar falta de culpabilidad o incluso completa inocencia. Estas consecuencias pueden evitarse sólo si la corte y el público estén debidamente informados de la naturaleza y el alcance de la actividad ilegal y de la complicidad y la culpabilidad del acusado. Con este fin, se recomienda para entrar en un acuerdo de culpabilidad sólo con garantía del acusado que admitirá, los hechos del delito y de su participación culpable en esto el el fiscal para el gobierno. Un acuerdo de culpabilidad puede ingresarse en ausencia de tales garantías, pero sólo si el acusado está dispuesto a aceptar sin concurso un comunicado por el gobierno en el Tribunal de los hechos podría probar para demostrar su culpabilidad más allá de una duda razonable. Salvo lo dispuesto en la USAM 9-27.440, el abogado del gobierno no debe entrar en un acuerdo con el demandado que admite su culpabilidad, pero conflictos un elemento esencial del caso del gobierno.

Oportuna. Al evaluar el valor de la atención oportuna de un caso penal, el fiscal para el gobierno debería considerar el momento de una súplica ofrecido. Una oferta por un acusado en la víspera del juicio después de que el caso ha sido totalmente preparado es apenas como ventajoso desde el punto de vista de la reducción del gasto público como uno ofreció meses o semanas antes. Además, un acuerdo de último minuto se suma a la dificultad de programación casos eficientemente y puede incluso resultado en perder el tiempo fiscal y Judicial reservado para el juicio abortado. Por estas razones, abogados gubernamentales deben dejar claros a la defensa en una etapa temprana de los procedimientos que, si hay que cualquier discusión de súplica, deben celebrarse antes de una fecha determinada antes de la fecha del juicio. Ver USSG § 3E1.1(b)(1). Sin embargo, evitación de preparación prueba innecesaria y programación de interrupciones no son los únicos beneficios brindaría atención oportuna de un caso por medio de una declaración de culpabilidad. Tan una disposición también guarda el gobierno y la corte del tiempo y los gastos del juicio y la apelación. Además, un acuerdo facilita la rápida imposición de pena, promoviendo los objetivos generales del sistema de Justicia Penal. Así, en ocasiones puede ser apropiado entrar en un acuerdo, incluso después de que ha pasado el tiempo habitual para la fabricación de dichos acuerdos.

Probabilidad de condena. El juicio de un caso criminal inevitablemente implica riesgos e incertidumbres para la acusación y la defensa. Muchos factores, no todos los cuales pueden ser anticipadas, pueden afectar el resultado. En la medida en que estos factores pueden ser identificados, se debe considerar al decidir si acepta una petición o ir a juicio. En este sentido, el fiscal debería sopesar la fuerza del caso del gobierno en relación con el caso de lectura anticipada, teniendo en mente los problemas jurídicos y probatorios que podrían esperarse, así como la importancia de la credibilidad de los testigos. Sin embargo, aunque es apropiado considerar factores teniendo sobre la probabilidad de condena en decidir si entrar en un acuerdo de culpabilidad, obviamente es inadecuada para el fiscal tratar de deshacerse de un caso mediante un acuerdo de culpabilidad si no convencido de que se cumplan las normas jurídicas para la culpabilidad.

Efecto sobre los testigos. Abogados para que el gobierno deben tener en cuenta que a menudo es gravoso para los testigos que aparecen en un juicio y a veces para hacerlo puede causarles grave vergüenza o incluso ponerlos en peligro de represalias físicas o económicas. No debe olvidarse la posibilidad de tales consecuencias adversas a los testigos para determinar si va a juicio o intentar llegar a un acuerdo. Otra posibilidad que tenga que ser considerada es revelar la identidad de los informantes. Cuando un informante testifica en el juicio, su identidad y su relación con el gobierno se convierten en asuntos de registro público. Como resultado, además de posibles consecuencias adversas al informante, hay una fuerte probabilidad que utilidad del informante en otras investigaciones será seriamente disminuida o destruido. Estas son consideraciones que deben ser discutidas con la Agencia investigadora involucrada, así como con cualquier otros organismos conocidos por tener un interés en utilizar al informante en sus investigaciones.

Probable sentencia. Para determinar si se debe entrar en un acuerdo de culpabilidad, el fiscal para el gobierno puede considerar debidamente el resultado probable de la Fiscalía en términos de la sentencia u otras consecuencias para el acusado en caso de que se alcance un acuerdo. Si el acuerdo propuesto es un "acuerdo de la frase" o un "acuerdo mixto", el fiscal debe darse cuenta que la posición compromete a tomar con respecto a la sentencia puede tener un efecto significativo sobre la frase que en realidad se impone. Si el acuerdo propuesto es un "acuerdo de carga", el fiscal debe tener en cuenta la medida en que una súplica a las ofensas menores o menos puede reducir la sentencia que de lo contrario podría imponerse. En cualquier caso, es importante que el fiscal para que el gobierno sea consciente de la necesidad de preservar la base para una sentencia apropiada bajo todas las circunstancias del caso. Profundo conocimiento de las pautas de sentencia, cualquier mínima legal aplicable oraciones..., y mejoras para sentencia aplicable es claramente necesario para permitir que la Fiscalía evaluar adecuadamente y con precisión el efecto de cualquier acuerdo.

Juicio en lugar de súplica. Puede haber situaciones en que el interés público puede ser servido mejor por tener un caso más por tener desechar por medio de una declaración de culpabilidad. Estos incluyen situaciones en las que es particularmente importante permitir una comprensión pública clara que "se hará justicia" a través de exponer la naturaleza exacta de las maldades del acusado en el juicio, o en que un acuerdo podría malinterpretarse en detrimento de la confianza pública en el sistema de Justicia Penal. Por este motivo, el fiscal debe ser cuidado de no poner énfasis excesivo sobre los factores que favorecen la eliminación de un caso en virtud de un acuerdo de culpabilidad.

Gastos de juicio y apelación. En la evaluación de los gastos de juicio y atractivo que se salvaría por una disposición del alegato, el fiscal para el gobierno debe considerar no sólo tales costos monetarios como jurado y testigo, sino también el tiempo empleado por los jueces, fiscales y personal policial que se necesite para testificar o proporcionar otro tipo de asistencia en el juicio. En este sentido, el fiscal debe tener en cuenta la complejidad del caso, el número de días de juicio y testigos necesarios y los gastos extraordinarios que pueden incurrir tales como el costo de secuestrar al jurado.

Disposición inmediata de otros casos. Una disposición del acuerdo en un caso puede facilitar la pronta disposición de otros casos, incluidos los casos en que de lo contrario podría ser rechazado enjuiciamiento. Esto puede ocurrir simplemente porque fiscales, judiciales, o recursos de defensa estarán disponibles para su uso en otros casos, o porque una súplica por uno de varios acusados puede tener un "efecto dominó", llevando a las súplicas de otros acusados. En el pesaje de la importancia de estas posibles consecuencias, el fiscal que el gobierno debe considerar el estado de la agenda criminal y cargas de los requisitos de pruebas rápidos en el distrito, la conveniencia de manejar un mayor volumen de casos criminales y el trabajo de los fiscales, jueces y abogados de la defensa en el distrito.

[citado en USAM 9-28.1300]

9-27.430
Selección de cargos de acuerdo de declaración

Si una acusación va a ser concluido en virtud de un acuerdo de culpabilidad, el acusado debe exigirse a suplicar a una carga o cargas:

Ese es el cargo más grave fácilmente demostrable consistente con la naturaleza y el alcance de su conducta criminal;

Que tiene una base fáctica adecuada;
Que hace probable que la imposición de una sanción correspondiente y orden de restitución, si es apropiado, bajo todas las circunstancias del caso; y

Eso no afecta la investigación o el enjuiciamiento de los demás.

Comentario. USAM 9-27.430 establece las consideraciones que deben tenerse en cuenta en la selección de la carga o cargas a las que un acusado debe exigirse a declararse culpable una vez que se ha decidido deshacerse del caso en virtud de un acuerdo de culpabilidad. Las consideraciones son esencialmente las mismas que las que rigen la selección de cargos para ser incluidos en la acusación original o información. Ver USAM 9-27.300.

Relación con la conducta Criminal. La carga o los cargos a los que el acusado se declara culpable deben ser coherentes con la conducta del acusado criminal, tanto en la naturaleza y el alcance. Excepto en circunstancias inusuales, este cargo será el más grave, como se define en USAM 9-27.300. Este principio regula el número de cuentas que una súplica debe ser requerida en casos de delitos diferentes, o en casos que implican una serie de ofensas familiares. Por lo tanto, el fiscal debe estar familiarizado con las reglas de sentencia pauta aplicables a agrupar delitos (pauta 3D) y a la conducta relevante (§ USSG 1B1.3) entre otros. Con respecto a la gravedad de la ofensa, la declaración de culpabilidad debe asegurarse que el registro público de convicción proporciona una indicación adecuada de la conducta del acusado. Con respecto al número de cuentas, el fiscal debe cuidar asegurar que ninguna impresión es dado que múltiples delitos son li kely para dar lugar a una mayor no un castigo potencial que es un delito único. El requisito de que el acusado declara una carga, que es consistente con la naturaleza y el alcance de su conducta criminal no es inflexible. Aunque cooperación es generalmente reconocida a través de una sentencia pauta 5K1.1 de presentación, puede haber situaciones que impliquen a acusados cooperaron en la que priman las consideraciones como las que se discuten en USAM 9-27.600. Estos casos deben abordarse con cautela, sin embargo. A menos que el gobierno tiene fuerte corroboración por testimonio del acusado cooperantes, su credibilidad puede ser sujeto a juicio político exitoso si él/ella está autorizado a declararse a una ofensiva que aparece relacionada en seriedad o el alcance de los cargos contra los acusados en un juicio. También es doblemente importante en tales situaciones para el fiscal garantizar que el registro público de la declaración demuestra, la amplitud del acusado de nvolvement en la actividad criminal, dando lugar a la acusación.

Base fáctica. El fiscal para el gobierno debe también tener en cuenta el requisito legal allí sea una base fáctica de las cargas a las que se introduce una declaración de culpabilidad o de carga. Este requisito se pretende asegurar contra condena después de declararse culpable. una persona que en realidad no es culpable. Por otra parte, bajo regla 11(f) de la Fed. R. Crim. P., un tribunal no podrá entrar en un juicio sobre una declaración de culpabilidad "sin"hacer dicha consulta como se cumplirán, hay una base fáctica para el alegato. Por esta razón, es esencial que la carga o cargas seleccionados como el tema de un acuerdo de culpabilidad como podrían ser procesados independientemente de la declaración bajo estos principios. Sin embargo, como se señaló, en los casos en los cuales Alford o nolo contendere súplicas son licitadas, el fiscal para el gobierno estime oportuno hacer una demostración fáctica más fuerte. En tales casos puede permanecer alguna duda en cuanto a la culpabilidad del acusado incluso después de la entrada de su alegato. En consecuencia, en orden a un vacío una impresión tan engañosa, el gobierno debe pedir permiso del Tribunal para disponer de una oferta de los hechos que demuestran la culpabilidad del acusado más allá de una duda razonable.

Además, política del departamento es sólo establecer hechos que representan con precisión la conducta del acusado. Si un fiscal desea apoyar una salida de las directrices, él o ella debe hacerlo con franqueza y no estipula a hechos que son falsas. Estipulaciones a hechos falsos son poco éticas. Si un fiscal no tiene suficientes hechos para disputar el esfuerzo del acusado para buscar una salida hacia abajo o a reclamar un ajuste, el fiscal puede decirlo. Si el informe redactará los Estados hechos que son incompatibles con una cláusula en la que ha unido un fiscal, el fiscal debe objeto del informe o agregar una declaración explicando la comprensión de la Fiscalía de los hechos o la razón de la estipulación.

Relatar la verdadera naturaleza de la participación del acusado en un caso no siempre conduce a una pena mayor. Cuando un acusado se compromete a cooperar con el gobierno, proporcionando información sobre las actividades ilegales de otros y el gobierno se compromete que auto incriminatorias información tan proporcionan no será utilizada contra el acusado, 1B1.8 sentencia pauta proporciona que la información no será usada en la determinación de la gama pauta aplicable, excepto en la medida prevista en el acuerdo. La existencia de un acuerdo de no utilizar la información debe ser claramente reflejada en el expediente del caso, la aplicabilidad de la pauta 1B1.8 debe ser documentada, y la información incriminatoria debe divulgarse a la corte o el oficial de libertad condicional, aunque no puede ser utilizado en la determinación de una oración directriz. Tenga en cuenta que dicha información puede utilizarse aún por el Tribunal para determinar si a partir de las directrices y la amplitud de la salida. Ver Estados Unidos SG § 1B1.8.

Base para la sentencia. Con el fin de protegerse contra la restricción inadecuada de opciones de sentencia de la corte, el acuerdo debe proporcionar suficiente alcance para sentencia bajo todas las circunstancias del caso. En la medida en que el acuerdo requiere que el gobierno tome una posición con respecto a la sentencia que se impondrá, debe haber poco peligro desde que el Tribunal no estará obligado por la posición del gobierno. Cuando está implicado un "acuerdo de carga", sin embargo, el Tribunal se limitará a imponer el término máxima autorizado por la estatua, así como la gama de pauta de condena por el delito, a la cual se introduce la declaración de culpabilidad. Por lo tanto, como se señaló en la USAM 9-27.320 sobre el fiscal debe procurar para evitar un "acuerdo de carga" que indebidamente restringiría la autoridad de la sentencia de la corte. En este sentido, al igual que en la selección inicial de los cargos, el fiscal debería tener en cuenta los efectos de la sentencia, el penalti es proporcionado en los estatutos aplicables (incluyendo las penas mínimas obligatorias), la gravedad de la ofensa, los factores agravantes o atenuantes y las consecuencias de convicción puesto que el acusado puede ser sujeto. Además, si restitución es apropiado bajo las circunstancias del caso, el acuerdo debe especificar la cantidad de restitución. Ver 18 U.S.C. § 3663 y SS.; 18 U.S.C. §§ 2248, 2259, 2264 y 2327; Estados Unidos v. Arnold, 947 F.2d 1236, 1237-38 (5th Cir. 1991); y USAM 16.320-9.

Efecto sobre otros casos. En un caso múltiple-acusado, debe tenerse cuidado para asegurar que la disposición de los cargos contra un acusado no afecta la investigación o el enjuiciamiento de los acusados. Entre las posibles consecuencias adversas que se evitarán son el atractivo de jurado negativo que puede resultar cuando relativamente menos culpables acusados son juzgados en ausencia de un acusado culpable más o cuando un testigo de cargo principal parece ser igualmente culpables como los acusados, pero se ha permitido a declararse a una ofensa significativamente menos grave; la posibilidad de que la ausencia de un acusado del caso rendirán prueba útil admisible en el juicio a los coacusados; y el otorgamiento del testimonio justificativo cuestionable en nombre de los otros acusados por el acusado, quien se ha declarado culpable.

9-27.440
Acuerdos de súplica al acusado niega culpa

El fiscal para el gobierno no debe sólo con la aprobación de la ayudante del Fiscal General con responsabilidad de supervisión sobre el tema, entrar en un acuerdo de culpabilidad si el acusado mantiene su inocencia con respecto a la carga o cargas a las que se ofrece a declararse culpable. En un caso en el cual el acusado licita una declaración de culpabilidad pero niega haber cometido el delito que se ofrece a declararse culpable, el fiscal que el gobierno debe hacer una oferta de prueba de todos los hechos conocidos por el gobierno para apoyar la conclusión de que el acusado es culpable. Véase también USAM 9-16.015, que discute el requisito de aprobación.

Comentario. USAM 9-27.440 preocupaciones súplica los acuerdos que implican las súplicas "Alford" — culpabilidad introducidos por los acusados que no obstante afirman ser inocentes. En Carolina del norte v. Alford, 400 US 25 (1970), la Corte Suprema sostuvo que la Constitución no prohíbe que un tribunal de aceptar una declaración de culpabilidad de un acusado que al mismo tiempo mantiene su inocencia, mientras se introduce la declaración voluntaria e inteligentemente y hay una fuerte base fáctica para él. La corte razonó que no hay ninguna diferencia material entre un alegato de nolo contendere, donde el acusado no expresamente admite su culpabilidad, y una declaración de culpabilidad de un acusado que afirmativamente niega su culpabilidad.

A pesar de la validez constitucional de las súplicas de Alford, tales súplicas deben evitarse salvo en las circunstancias más inusuales, incluso si no hay acuerdo está implicado y la súplica cubriría todos los cargos pendientes. Tales súplicas son particularmente indeseables cuando entró como parte de un acuerdo con el gobierno. Participación por los abogados del gobierno en la inducción de la culpabilidad de los acusados que

151

protestan su inocencia puede crear una apariencia de extralimitación fiscales. Como un tribunal, "el público no podría entender o aceptar el hecho de que un acusado que negó su culpabilidad sin embargo fue colocado en una posición de declararse culpable y va a la cárcel". Ver Estados Unidos v. Bednarski, 445 F.2d 364, 366 (1st Cir. 1971). Por lo tanto, es preferible tener una resolución del jurado la controversia fáctica y jurídica entre el gobierno y el acusado, en lugar de tener abogados gobierno fomentar acusados a declararse culpable en circunstancias en que el público podría considerar como cuestionable o injustas. Por esta razón, abogados del gobierno no deben entrar en acuerdos de alegato Alford, sin la aprobación de la ayudante fiscal General responsable. Aparte de negarse a entrar en un acuerdo de culpabilidad, sin embargo, el grado al que el departamento puede expresar su oposición a las súplicas de Alford puede ser limitado. Aunque un tribunal puede aceptar un alegato de nolo contendere ofrecido "sólo después de la debida consideración de las opiniones de las partes y el interés del público por la eficaz administración de justicia" (artículo 11 (b), la Fed. R. crim P.), por lo menos un tribunal ha concluido que es un abuso de discreción, negándose a aceptar una declaración de culpabilidad "únicamente porque el acusado no admite los hechos alegados del crimen." Estados Unidos v. Gaskins, 485 F.2d 1046 1048 (D.C. CIR. 1973); véase Estados Unidos v. Bednarski, supra; Estados Unidos v. vas, 518 F.2d 95 (1st Rd. 1975). Sin embargo, abogados del gobierno pueden y deben desalentar Alford súplicas al negarse a un acuerdo terminar los juicios donde se profiere un alegato Alford a menos que todos los cargos pendientes. Como es el caso de culpabilidad por lo general, si esa alegación de menos todos los cargos es ofrecida y aceptada sobre la objeción del gobierno, el fiscal que el gobierno debe proceder a juicio por cargos restantes no prohibidos por motivos de cosa juzgada a menos que los Estados Unidos abogado o en casos manejados por abogados departamentales, el Fiscal General Adjunto responsable, aprueba el despido de esos cargos.

Abogados del gobierno también deben aprovechar al máximo la oportunidad ofrecida por regla 11(f) de la Fed. R. Crim. P. en un caso de Alford para frustrar los esfuerzos del acusado para proyectar una imagen pública de la inocencia. Bajo regla 11(f) de la Fed. R. Crim. P. que la corte deberá cumplirse que existe "una base fáctica" para una declaración de culpabilidad. Sin embargo, la regla no requiere que la base fáctica para el alegato ser proporcionados solamente por el acusado. Ver Estados Unidos v. Navedo, 516 F.2d 29 (2d Cir. 1975); Irizarry v. United States, 508 F.2d 960 (2d Cir. 1974); Estados Unidos v. Davis, 516 F.2d 574 (7th CIR. 1975). En consecuencia, abogados del gobierno en casos de Alford deben esforzarse para establecer una fuerte base fáctica para el alegato como posible no sólo para satisfacer el requisito de la regla 11(f) Fed. R. crim p., sino también minimizar los efectos adversos de las súplicas de Alford sobre la percepción pública de la administración de justicia.

[actualizado septiembre de 2006] [citado en USAM 6-4.330; USAM 9-28.1300]

9-27.450
Registros de los acuerdos de la declaración

Todo negociado acuerdo acuerdos de delitos o faltas negociados de delitos deberán realizarse por escrito y presentarse ante el tribunal.

Comentario. USAM 9-27.450 está diseñado para facilitar el cumplimiento de la regla 11 del Reglamento Federal de procedimiento penal y proporcionan una salvaguardia contra los malentendidos que puedan surgir con respecto a los términos de un acuerdo de culpabilidad. Artículo 11 (2), la Fed. R. Crim. P., requiere que se revelen declararse culpable en una corte abierta (excepto en una demostración de buena causa en la cual caso divulgación puede hacerse en la cámara), mientras que la regla 11(e)(3) Fed. R. Crim. P. requiere que la disposición prevista en el acuerdo se incorporará en el juicio y la sentencia. Cumplimiento de estos requisitos será facilitado si el acuerdo se ha reducido a escribir por adelantado, y el acusado será ser impedido de disputar con éxito los términos del acuerdo en el momento que se declara culpable, o en el momento de la sentencia o en una fecha posterior. Alguna vez un acusado entra en un acuerdo negociado, que también deben ser hecho y las condiciones del acuerdo lo mantuvo n el expediente de la oficina. Acuerdos escritos facilitará los esfuerzos realizados por el departamento o la Comisión de sentencias para controlar el cumplimiento por los fiscales con las políticas del Departamento y las directrices. Documentación puede incluir una copia de la transcripción del Tribunal en el momento que el acuerdo se adopte en el tribunal.

Habrá dentro de cada oficina un sistema formal para la aprobación de las súplicas negociadas. Corresponderá a la autoridad de homologación en por lo menos un penal supervisor asistente del fiscal de Estados Unidos, o un abogado supervisor de una división de litigante en el Departamento de justicia, quien tendrá la responsabilidad de evaluar la conveniencia de que el acuerdo bajo las políticas del Departamento de justicia relativas a las súplicas. En ciertas situaciones de hecho previsible se presentan con mucha frecuencia y reciben tratamiento idéntico, puede cumplirse el requisito de aprobación por una instrucción escrita del supervisor apropiado que describe con particularidad el procedimiento estándar de acuerdo a seguir, siempre y cuando este procedimiento es lo contrario dentro de los lineamientos departamentales. Un ejemplo sería un distrito fronterizo que trata habitualmente con un alto volumen de casos extranjeros ilegales diariamente.

El proceso de aprobación de la declaración será parte del procedimiento de evaluación de la oficina.

El fiscal de Estados Unidos en cada distrito, o un representante de la supervisión debe, si es factible, se reúnen regularmente con un representante de la oficina del distrito libertad condicional con el propósito de discutir casos de pauta.

9-27.500

Ofrece a declararse Nolo Contendere — oposición excepto en circunstancias inusuales

El fiscal para que el gobierno debe oponerse a la aceptación de un alegato de nolo contendere a menos que el ayudante del Fiscal General con responsabilidad de supervisión sobre el tema concluye que las circunstancias del caso son tan inusuales que la aceptación de esa alegación estaría en el interés público. Ver USAM 9-16.010, que discute el requisito de aprobación.

Comentario. Regla 11 de las reglas federales de procedimiento penal, requiere que la Corte considere "las opiniones de las partes" y el interés del público por la eficaz administración de justicia antes de que acepta un alegato de nolo contendere. Por lo tanto es evidente que un acusado criminal no tiene absoluto derecho a declararse nolo contendere. El departamento durante mucho tiempo ha intentado disuadir a la disposición de las causas penales por medio de las súplicas de nolo. Las objeciones básicas a las súplicas de nolo fueron expresadas por el Procurador General Herbert Brownell, Jr. en una directiva departamental en 1953.

Uno de los factores que ha tendido a criar desprecio por la Ley Federal en los últimos tiempos ha sido la práctica de permitir como naturalmente en muchas acusaciones penales el alegato de nolo contendere. Mientras que puede servir a un propósito legítimo en unas situaciones extraordinarias y donde civil litigio también está pendiente, no puedo ver ninguna justificación para ello como una práctica cotidiana, particularmente donde se utiliza para evitar ciertas consecuencias indirectas de declararse culpable, tales como pérdida de licencia o de la condena como un reincidente múltiple. Uso incontrolado del motivo ha llevado a sorprendentemente bajas penas y multas insignificantes que no son disuasivos para la delincuencia. Como una cuestión práctica se logra poco lo que es útil incluso donde el gobierno tiene litigios civiles pendientes. Por otra parte, una persona le permitirá declararse nolo contendere admite su culpa con el propósito de imponer castigo por sus actos y sin embargo, para todos los otros propósitos y en cuanto se refiere a la opinión pública, persiste en th es la negación de la fechoría. No es sorprendente que el público considera consentimiento a esa alegación por el gobierno como una admisión de que tiene sólo un caso técnico a más y que el procedimiento entero era sólo un fiasco.

Por estas razones, abogados del gobierno han sido instruidos durante muchos años no para acceder a las súplicas de nolo excepto en los casos más inusuales y hacerlo entonces solamente con aprobación departamental. Los fiscales federales deben oponerse a la aceptación de un alegato de nolo, a menos que el Fiscal General Adjunto responsable concluye que las circunstancias son tan raro sería que la aceptación de la declaración de interés público.

[actualizado septiembre de 2006] [citado en USAM 6-2.000; USAM 6-4.320; USAM 9-28.1300]

9-27.520

Ofrece a declararse Nolo Contendere – oferta de prueba

En cualquier caso en que un acusado pretende introducir un alegato de nolo contendere, el fiscal que el gobierno debe hacer una oferta de prueba de los hechos conocidos por el gobierno para apoyar la conclusión de que el acusado de hecho ha cometido el delito acusado. Véase también USAM 9-16.010.

Comentario. Si el demandado pretende evitar admitir culpabilidad ofreciendo a declararse nolo contendere, el fiscal para el gobierno debe hacer una oferta de prueba de los hechos conocidos por el gobierno para apoyar la conclusión de que el acusado de hecho ha cometido el delito acusado. Esto debe hacerse incluso en el caso raro en el cual el gobierno no se opone a la entrada de un alegato de nolo. Además, como es el caso con respecto a la culpabilidad, el fiscal que el gobierno debería exhortar a la corte para requerir al demandado a admitir públicamente los hechos subyacentes a los cargos penales. Estas precauciones deben minimizar la efectividad de cualquier esfuerzo posterior por el acusado para retratar a sí mismo como técnicamente responsable tal vez, pero no gravemente culpable.

9-27.530
Argumento en contra de Nolo Contendere súplica

Si un alegato de nolo contendere es ofrecido sobre la objeción del gobierno, el fiscal que el gobierno debe indicar para el registro por la aceptación de la declaración no estaría en el interés público; y debe oponerse a la destitución de cargos a los que el acusado no declararse nolo contendere.

Comentario. Cuando se ofrece un alegato de nolo contendere sobre la objeción del gobierno, el fiscal debe aprovechar al máximo de la regla 11, Federal Rules of Criminal Procedure, al estado para que conste por aceptación de la declaración no estaría en el interés público. Además de recitar los hechos que podrían ser probados para demostrar la culpabilidad del acusado, el fiscal debe traer a la atención del Tribunal sea argumentos existen para rechazar la petición. Por lo menos, una presentación tan contundente debe hacerlo claro a la opinión pública que el gobierno está dispuesto a tolerar la entrada de una petición especial que puede ayudar al acusado evitar consecuencias legítimas de su culpabilidad. Si el alegato de nolo es ofrecido a menos que todos los cargos, el fiscal debe también se oponen a la desestimación de los cargos restantes.

[citado en USAM 4.320-6]

9-27.600
Entrar en acuerdos sin enjuiciamiento a cambio de cooperación — generalmente

Excepto como siempre, más allá el fiscal para el gobierno podrá, con aprobación del supervisor, entrar en un acuerdo sin enjuiciamiento a cambio de cooperación de una persona cuando, a su juicio, cooperación oportuna de la persona parece ser necesario para el interés público y otros medios de obtener la cooperación deseada no están disponibles o no sería eficaces.

Comentario.

En muchos casos, puede ser importante para el éxito de una investigación o el enjuiciamiento para obtener el testimonio u otra colaboración de una persona que está personalmente implicado en la conducta criminal siendo investigados o procesados. Sin embargo, debido a su participación, la persona puede negarse a cooperar sobre la base de su privilegio de la quinta enmienda contra la autoincriminación obligatoria. En esta situación, existen varios enfoques posibles, que el fiscal puede tomar para representar el privilegio inaplicable o inducir su renuncia.

En primer lugar, si el tiempo lo permite, la persona puede ser acusada, juzgada y condenada antes de que se solicita su cooperación en la investigación o el enjuiciamiento de los demás. Ya después de haber sido había condenado a sí mismo, la persona normalmente ya no tendrán un privilegio de negarse a declarar válido y tendrá un fuerte incentivo para revelar la verdad con el fin de inducir al juez de sentencia para imponer una sentencia menor que el que de otro modo podría hallarse apropiada.

En segundo lugar, la persona puede estar dispuesta a cooperar si las cargas o posibles cargos contra él son reducidos en número o grado a cambio de su cooperación y su entrada de una declaración de culpabilidad a los cargos restantes. Un acuerdo para presentar una moción en virtud de sentencias pauta 5K1.1 o regla 35 de las reglas federales de procedimiento penal después de que el acusado da plena y total cooperación es el método preferido para asegurar dicha cooperación. Tan una concesión por parte del gobierno será todo lo que es necesario, o garantizada, para garantizar la cooperación buscó generalmente. Puesto que es sin duda deseable como una cuestión de política que un delincuente deba incurrir en por lo menos alguna responsabilidad por su conducta criminal, gobierno abogados deben intentar asegurar este resultado en todos los casos apropiados, siguiendo los principios establecidos en USAM 9-27.430 en la medida posible.

El tercer método para asegurar la cooperación de un acusado potencial es mediante una orden judicial bajo 18 U.S.C. §§ 6001-6003. Esas disposiciones legales regulan las condiciones bajo las cuales los testigos no cooperativos pueden ser obligados a testificar o proporcionar información a pesar de su invocación del privilegio contra incriminación propia obligatoria. En breve, según las disposiciones de "uso de inmunidad" llamado de los estatutos, el tribunal puede ordenar que la persona a testificar o proporcionar otra información, pero su testimonio ni la información que proporciona puede utilizarse contra él, directa o indirectamente, en cualquier caso penal excepto un juicio por perjurio u otro fallo para cumplir con la orden. Normalmente, estas disposiciones "uso de inmunidad" se deben confiar en los casos en que abogados defensores de la necesidad del gobierno obtener una declaración jurada o la producción de información ante un gran jurado o en el juicio, y en el que no hay razones para creer que la persona se negará a testificar o proporcionar la información sobre la base de su privilegio contra la autoincriminación obligatoria. Ver USAM 9-23.000. Ofertas de inmunidad y acuerdos de inmunidad deben ser por escrito. Debe prestarse atención a documentar la evidencia disponible antes de la oferta de inmunidad.

Finalmente, puede haber casos en los que es imposible o poco práctico recurrir a los métodos descritos anteriormente para asegurar la información necesaria u otro tipo de asistencia, y en el cual la persona está dispuesta a cooperar sólo a cambio de un acuerdo que él/ella no se perseguirá en absoluto por lo ha hecho. El conjunto de disposiciones indican más adelante se describen las condiciones que deben cumplirse antes de dicho acuerdo, así como los procedimientos recomendados para estos casos.
Es importante señalar que estas disposiciones sólo se aplican si el caso involucra a un acuerdo con una persona que de otro modo podría ser procesado. Si la persona razonablemente es considerada sólo como un testigo potencial en lugar de un acusado potencial, y la persona está dispuesta a cooperar, no hay ninguna necesidad de consultar estas disposiciones.

USAM 9-27.600 describe tres circunstancias que deben existir antes de que abogados de gobierno entrar en acuerdos sin enjuiciamiento a cambio de cooperación: la falta de disponibilidad o ineficacia de otros medios de obtener la cooperación deseada; la evidente necesidad de la cooperación para el interés público; y la aprobación de tal curso de acción por un funcionario supervisor apropiado

Falta de disponibilidad o ineficacia de otros medios. Como se indicó anteriormente, acuerdos de enjuiciamiento no son sólo uno de varios métodos por los cuales el fiscal puede obtener la cooperación de una persona cuya participación criminal le hace un potencial objeto de enjuiciamiento. Cada uno de los otros métodos — buscan cooperación tras juicio y condena, negociación de cooperación como parte de un acuerdo de culpabilidad, así como cooperación bajo una orden de "usar la inmunidad" — consiste en procesar a la persona o al menos dejar abierta la posibilidad de procesar a él/ella en base a evidencia obtenida independientemente. Puesto que estos resultados son claramente preferibles a permitir que un delincuente para evitar cualquier responsabilidad por su conducta, el posible uso de una alternativa a un acuerdo de enjuiciamiento no debe darse consideración seria en primera instancia.

Otra razón para usar una alternativa a un acuerdo sin enjuiciamiento para obtener cooperación refiere a la ventaja práctica en cuanto a la credibilidad de la persona si testifique en el juicio. Si la persona ya ha sido condenada, o después de juicio o sobre una declaración de culpabilidad, para participar en los eventos que testifique, su testimonio es apto para ser mucho más creíble que si parece el verificador de los hechos que va a bajar "rositas". Del mismo modo, si su testimonio es obligado por una orden judicial, él/ella no puede correctamente ser interpretado por la defensa como una persona que ha hecho un "trato" con el gobierno y cuyo testimonio es, por tanto, sospecha; su testimonio habrán sido forzado por el/ella, no esperaba.

En algunos casos, sin embargo, no puede haber ningún medio eficaz de obtener cooperación oportuna de la persona sin entrar en un acuerdo sin acusación. La persona puede estar dispuesta a cooperar plenamente a cambio de una reducción de los cargos, el retraso en le llevar a juicio podría perjudicar la investigación o el enjuiciamiento en relación con el cual se solicita su cooperación y puede ser imposible o poco práctico recurrir a las disposiciones legales para la compulsión de testimonio o producción de pruebas. Un ejemplo de la situación de este último es un caso en el cual la cooperación necesaria no consiste en su testimonio bajo juramento o la producción de información ante un gran jurado o en el juicio. Otros ejemplos son los casos en que el tiempo es crítico, donde el uso de los procedimientos de 18 U.S.C. § 6003 irrazonablemente perturbaría la presentación de evidencia ante el jurado o el desarrollo de una investigación expeditivo o en conformidad con el estatuto de limitaciones o el acto de juicio rápido impide oportuna solicitud de una orden judicial.

Sólo cuando parece que cooperación oportuna de la persona no puede obtenerse por otros medios, o no puede obtenerse de manera efectiva, el fiscal para el gobierno considere entrar en un acuerdo sin acusación.

Interés público. Si concluye que un acuerdo de enjuiciamiento no sería el único método eficaz para la obtención de la cooperación, el fiscal para que el gobierno debería considerar si, equilibrar el costo de la anterior acusación contra el beneficio potencial de la cooperación de la persona, buscada la cooperación aparece necesaria para el interés público. Esta determinación de "interés público" es una de las condiciones previas para una aplicación bajo 18 U.S.C. § 6003 por una orden judicial que obliga testimonio. Como una orden de compulsión, un acuerdo de enjuiciamiento no limita la capacidad del gobierno para realizar un procesamiento posterior de los testigos. En consecuencia, debe aplicarse la misma prueba de "interés público" en esta situación tan bien. Algunas de las consideraciones que pueden ser relevantes para la aplicación de esta prueba se establecen en USAM 9-27.620.

Aprobación de supervisión. Finalmente, el fiscal debe asegurar la aprobación supervisión antes de entrar en un acuerdo sin acusación. Los fiscales trabajando bajo la dirección de un abogado de Estados Unidos deberán obtener la aprobación de la Fiscalía de Estados Unidos o un supervisor asistente del fiscal de Estados Unidos. Abogados departamentales no supervisados por un abogado de Estados Unidos deben obtener la aprobación de la correspondiente ayudante del Fiscal General o su designado y deben notificar a los Estados Unidos abogado o abogados interesados. El requisito de aprobación por parte de un superior está diseñado para proporcionar revisión por un abogado experimentado en estos temas y para asegurar la uniformidad de las políticas y prácticas con respecto a dichos acuerdos. Esta sección debe leerse en conjunción con USAM 9-27.640, relativa a determinados tipos de casos en que un ayudante del Fiscal General o su designado debe concurrir en o aprobar un acuerdo no enjuiciar en ret urna para la cooperación.

9-27.620
Entrar en acuerdos sin enjuiciamiento a cambio de cooperación — Consideraciones a ser pesado

Para determinar si la cooperación de una persona puede ser necesaria para el interés público, el fiscal para el gobierno y aquellos cuya aprobación es necesaria, debería sopesar todas las consideraciones pertinentes, incluyendo:

La importancia de la investigación o el enjuiciamiento de un programa eficaz de aplicación de la ley;

El valor de la cooperación de la persona para la investigación o el enjuiciamiento; y

Culpabilidad relativa de la persona en relación con el delito o delitos siendo investigados o procesados y su historia con respecto a la actividad criminal.

Comentario. Este apartado está diseñado para ayudar a los fiscales federales y aquellos cuya aprobación debe asegurar, para decidir si la cooperación de la persona parece ser necesario para el interés público. Las consideraciones mencionadas aquí no están destinadas a ser "todo incluido" o que requieren una decisión particular en un caso particular. Más bien deberían centrar la atención de las decisiones sobre los factores que probablemente serán controlar en la mayoría de los casos.

Importancia del caso. Puesto que la función primaria de un Fiscal Federal es aplicar la ley penal, él/ella no deben rutinariamente o indiscriminadamente entrar en acuerdos sin enjuiciamiento, que son, en esencia, acuerdos de no hacer cumplir la ley en condiciones particulares. Por el contrario, deben reservar el uso de dichos acuerdos para los casos en que la cooperación buscó las preocupaciones la Comisión de un delito grave o de lo contrario es importante para lograr la aplicación efectiva de las leyes penales que procesamiento exitoso. La importancia relativa o poca importancia del caso contemplado por lo tanto es una consideración importante umbral.

Valor de la cooperación. Un acuerdo de no enjuiciar a cambio de la cooperación de una persona une al gobierno en la medida en que la persona lleva a cabo su parte del trato. Ver v Santobello. Nueva York 404 EEUU 257 (1971); Wade v. United States, 112 S. CT. 1840 (1992). Puesto que tal acuerdo excluye la aplicación de la ley penal contra una persona que de lo contrario puede demandarte, debería no ser entró en sin una clara comprensión de la naturaleza del quid pro quo y una evaluación cuidadosa de su probable valor al gobierno. Para estar en una posición adecuada para evaluar el valor potencial de la cooperación de la persona, el fiscal debe insistir en una "oferta de prueba" o su equivalente de la persona o su abogado. El fiscal puede pesar entonces la oferta en términos de la investigación o el enjuiciamiento en relación con el cual se solicita la cooperación. Al hacerlo, debe considerar tales preguntas como si la cooperación de hecho estarán disponibles próximamente, si el testimonio u otra información proporcionada será creíble, si puede ser corroborada por otras pruebas, si materialmente asistirá la investigación o el enjuiciamiento, y si substancialmente el mismo beneficio puede obtenerse de otra persona sin un acuerdo de no enjuiciar. Después de evaluar todos estos factores, junto con otros que puedan ser relevantes, el fiscal puede juzgar la fuerza de su caso con y sin la cooperación de la persona y determinar si puede ser de interés público de acuerdo a renunciar bajo las circunstancias.

Culpabilidad relativa y antecedentes penales. Para determinar si es necesario para el interés público de acuerdo a renunciar el enjuiciamiento de una persona que puede haber violado la ley a cambio de cooperación de esa persona, también es importante considerar el grado de su aparente culpabilidad en relación con otras personas que son sujetos de la investigación o el enjuiciamiento, así como su historia de participación criminal. Por supuesto, normalmente no sería en el interés público para renunciar a la persecución de un miembro de alto rango de una empresa criminal a cambio de su cooperación contra uno de sus subordinados, ni se serviría al interés público por negociación lejos la posibilidad de enjuiciar a una persona con una larga historia de participación criminal grave con el fin de obtener la condena de otra persona por cargos menos graves. Éstas son cuestiones con respecto a que el fiscal para el gobierno puede ser útil consultar con la instrucción y de agencias o con otras autoridades acusadora que tengan un interés en la persona o sus socios.

También es importante tener en cuenta si la persona tiene antecedentes de la cooperación con las autoridades policiales, ya sea como testigo o informante, y si él/ella ha sido previamente objeto de una compulsión pedir arreglo a 18 U.S.C. §§ 6001-6003 o ha escapado enjuiciamiento en virtud de un acuerdo de no enjuiciar. La información relativa a las órdenes de compulsión puede estar disponible por teléfono desde la política y la unidad de cumplimiento legal en la oficina de operaciones de la División Criminal.

[actualizado octubre de 2010]

9-27.630

Entrar en acuerdos sin enjuiciamiento a cambio de cooperación — limitar el alcance del compromiso

En entrar en un acuerdo de no acusación, el fiscal para que el gobierno debería ser factible, explícitamente limitar el alcance del compromiso del gobierno para:

Non-Fiscalía basados directa o indirectamente en el testimonio u otra información proporcionada; o

Non-Fiscalía dentro de su distrito con respecto a un cargo pendiente, o a un delito específico entonces conocido por haber sido cometido por la persona.

Comentario. El fiscal para que el gobierno debe ejercer extrema precaución para asegurarse de que su contrato no enjuiciamiento no confiere "inmunidad" a los testigos. Con este fin, debe, en primera instancia, trate de limitar su acuerdo de enjuiciamiento no basado en el testimonio o información suministrada. Tal acuerdo "inmunidad de uso informal" tiene dos ventajas sobre un acuerdo de no juzgar a la persona en relación con una transacción particular: en primer lugar, conserva la opción de la Fiscalía para enjuiciar en base a evidencia obtenida independientemente si más tarde parece que la implicación criminal de la persona fue mas grave de lo originalmente parecía ser; y en segundo lugar, fomenta el testigo de ser lo más sincero posible ya que cuanto más revela tendrá la mayor protección contra una futura persecución. Para fomentar una revelación completa por el testigo, debe hacerse en el acuerdo que paciencia del gobierno de procesamiento está condicionada testimonio del testigo o la producción de información completa y veraz, y que falta a declarar verazmente puede resultan en una acusación de perjurio.

Incluso si no es factible obtener la cooperación deseada en virtud de un acuerdo de "inmunidad de uso informal", el fiscal que el gobierno debe intentar limitar el alcance del acuerdo en cuanto a los testimonios y las operaciones reguladas, teniendo en cuenta el posible efecto de su acuerdo sobre procesamientos en otros distritos.

Es importante que los acuerdos no enjuiciamiento elaborará en términos que no se unirán a otros fiscales federales o agencias sin su consentimiento. Por lo tanto, si es posible, el fiscal para el gobierno explícitamente debe limitar el alcance de su acuerdo para no enjuiciamiento dentro de su distrito. Si tal limitación no es viable y se puede esperar razonablemente que el acuerdo puede afectar el enjuiciamiento de la persona en otros distritos, el fiscal para el gobierno contemplando tal acuerdo deberá comunicar los hechos pertinentes a la ayudante del Fiscal General con responsabilidad de supervisión para la materia. Abogados de Estados Unidos no puede hacer acuerdos que perjuicio civil o responsabilidad sin el acuerdo expreso de todo afectado las divisiones o las agencias de impuestos. Véase también 9-16.000 et seq para obtener más información acerca de los acuerdos de la declaración.

Finalmente, el fiscal que el gobierno debe dejar claro que su contrato se refiere sólo a enjuiciamiento no y que no tenga ninguna autoridad independiente para prometer que el testigo será admitido en el programa de protección del departamento o que servicio del mariscal proporcionará ningún beneficio al testigo a cambio de su cooperación. Esto no significa, por supuesto, que el fiscal no debería cooperar para hacer arreglos con servicio del mariscal necesarias para la protección de los testigos en los casos apropiados. Los procedimientos a seguir en estos casos se establecen en USAM 9-21.000.

9-27.640
Acuerdos que requieren la aprobación del Fiscal General Adjunto

El abogado del gobierno no debe entrar en un acuerdo sin enjuiciamiento a cambio de cooperación de una persona sin antes obtener la aprobación de la ayudante del Fiscal General con responsabilidad de supervisión sobre el tema en cuestión, o su designado, cuando:

Consulta previa o la aprobación sería un estatuto o por política departamental para una declinación del enjuiciamiento o destitución de un cargo con respecto a que el acuerdo va a realizar; o

La persona es:

Un alto nivel Federal, estatal o local oficial;

Un funcionario o agente de una investigación Federal o agencia del orden público; o

Una persona que de lo contrario, es probable o a ser de gran interés público.

Comentario. USAM 9-27.640 conjuntos adelante casos especiales que requieren la aprobación de los acuerdos sin acusación por el Fiscal General Adjunto responsable o su designado. Párrafo (1) cubre casos en que las disposiciones legales vigentes y las políticas departamentales requieren que, con respecto a ciertos tipos de delitos, el Fiscal General o un Subprocurador General consultar o dar su aprobación antes de acusación es rechazada o cargos son despedidos. Por ejemplo, ver USAM 6-4.245 (ofensas de impuesto); USAM 9-41.010 (fraude de quiebra); USAM 9-90.020 (delitos de seguridad interna); (véase USAM 9-2.400 para una lista completa de todos los requisitos de la consulta y autorización previa). Un acuerdo de no procesar a se asemeja a una declinación de la acusación o la destitución de un cargo en que el resultado final en cada caso es similar: una persona que ha estado involucrado en actividades criminales no está procesada o no está procesada completamente por su delito. En consecuencia, abogados para que el gobierno deben obtener la aprobación de la correspondiente Subprocurador General, o su designado, antes de aceptar no entablar en cualquier caso en que consulta o aprobación sería necesaria para una declinación del enjuiciamiento o destitución de un cargo.

Párrafo (2) establece otras situaciones en las que el fiscal para que el gobierno debe obtener la aprobación de un ayudante del Fiscal General, o su designado, de una propuesta de acuerdo para no procesar a cambio de cooperación. En términos generales, las situaciones descritas serán casos de carácter excepcional y extremadamente sensible, o casos de personas o asuntos de mayor interés público. En un caso cubierto por esta disposición que parece ser de una naturaleza especialmente sensible, el ayudante del Fiscal General, a su vez, considere si sería apropiado notificar a la Procuraduría General o el Fiscal General.

9-27.641
Solicitudes de acuerdo de distrito múltiple (Global)

Ningún distrito o división hará cualquier acuerdo, incluyendo cualquier acuerdo de no enjuiciar, que pretende enlazar cualquier otro LFR o división sin el expreso consentimiento por escrito de los abogados de Estados Unidos en cada distrito afectado o el ayudante del Fiscal General de la División Criminal.

El distrito/división solicita darán a conocer a cada distrito afectado/división la siguiente información:

Los específicos delitos presuntamente cometidos en la LFR afectados según lo estipulado por el acusado. (No debe hacerse ningún acuerdo en cuanto a cualquier delito no divulgada por el demandado).

Identificación de víctimas de crímenes cometidos por el acusado en cualquier distrito afectado, en la medida de lo posible.

El acuerdo propuesto para hacerse con el acusado y la gama de sentencia pauta aplicable.

Ver USAM 16.030 para una discusión sobre la necesidad de consulta con las agencias de investigación y las víctimas en relación con las súplicas.

[citado en USAM 9-28.1000]

9-27.650
Registros de enjuiciamiento sin acuerdos

En un caso en el cual un enjuiciamiento no acuerdo a cambio de cooperación de la persona, el fiscal para el gobierno debe garantizar que el expediente contiene un memorando u otro registro escrito exponiendo los términos del acuerdo. El memorando o registro debe ser firmado o rubricado por la persona con quien se hace el acuerdo o su abogado.

Comentario. Las disposiciones de esta sección están destinadas para servir a dos propósitos. En primer lugar, es importante tener un registro por escrito en caso de que surgen dudas en cuanto a la naturaleza y el alcance del acuerdo. Tales preguntas son ciertas para presentarse durante el interrogatorio del testigo, particularmente si la existencia del acuerdo ha sido revelada a la defensa conforme a los requisitos de Brady v. Maryland, 373 83 de Estados Unidos (1963) y Giglio v. Estados Unidos, 405 US 150 (1972). Los términos exactos del acuerdo también pueden ser relevantes si el gobierno intenta enjuiciar al testigo por algún delito en el futuro. En segundo lugar, dichos registros facilitará la identificación por los abogados del gobierno (en el curso de futuros acuerdos no procesar a, acuerdos de súplica, desviación previa al juicio y otras acciones discrecionales de peso) de las personas que el gobierno ha decidido no enjuiciar.

Los requisitos principales del registro escrito es que ser lo suficientemente detalladas que no deja ninguna duda en cuanto a las obligaciones de las partes del acuerdo, y que ser firmado o rubricado por la persona con quien se hace el acuerdo y su abogado, o por lo menos uno de ellos.

9-27.710

Participación en las sentencias — generalmente

Durante la fase de sentencia de un caso criminal Federal, el fiscal que el gobierno debería ayudar a la Corte sentencia por:

Tratando de garantizar que los hechos relevantes sean llevados a la atención del Tribunal completamente y con precisión; y

Formular recomendaciones de sentencia en los casos apropiados.

Comentario. Sentencias en casos criminales federales son principalmente la función y la responsabilidad de la corte. Esto no significa, sin embargo, que la responsabilidad de la Fiscalía en relación con un caso criminal deja sobre la devolución de un veredicto de culpabilidad o la entrada de una declaración de culpabilidad; por el contrario, el abogado para que el gobierno tiene una obligación continua para ayudar a la corte en su determinación de la pena que se impondrá. El fiscal debe estar familiarizado con las pautas generalmente y con las disposiciones de pauta específicos aplicables a su caso. En el desempeño de sus funciones, el fiscal para el gobierno debe, como se indica en la USAM 27.720-9 y 9-27.750, procurará asegurar la exactitud e integridad de la información sobre los que se basarán las decisiones de la sentencia. Además, según lo dispuesto en la USAM 9-27.730, en los casos apropiados el fiscal debería ofrecer recomendaciones con respecto a la sentencia que se impondrá.

9-27.720
Establecimiento de base fáctica para sentencia

Con el fin de garantizar que los hechos relevantes sean llevados a la atención del Tribunal sentenciador completamente y con precisión, el fiscal que el gobierno debe:

Colaborar con el servicio de libertad condicional en la preparación del informe investigación previa;

Revisar material en el informe de la investigación previa;

Realizar una presentación objetiva a la corte cuando:

Sentencia se impone sin una previa investigación y un informe;

Es necesario complementar o corregir el informe de la investigación previa;

Es necesario a la luz de la presentación de defensa ante el Tribunal; o

Se solicita por el Tribunal; y

Estar preparado para fundamentar denuncias hechas significativas impugnadas por la defensa.

Comentario.

Colaboración con el servicio de libertad condicional. Para comenzar con, si la sentencia va a ser impuesta a raíz de una investigación previa y un informe, el fiscal debe cooperar con el servicio de libertad condicional en su preparación de redactará el informe de la corte. Bajo regla 32(b), Federal Rules of Criminal Procedure, el informe debería contener información sobre la historia y las características de los acusados, incluyendo cualquier antecedentes penales, condición financiera y cualquier circunstancia que afecta el comportamiento del acusado que puede ser útil en imponente frase o en el tratamiento penitenciario del acusado. Mientras que mucha de esta información puede estar disponible para el servicio de libertad condicional de fuentes ajenas al gobierno, una parte puede ser obtenible sólo desde archivos fiscales o de investigación a que los oficiales de libertad condicional no tienen acceso. Por esta razón, es importante que el fiscal para el gobierno responde rápidamente a las solicitudes de servicio de libertad condicional por proporcionar la información de sted reque siempre que sea posible. El fiscal que el gobierno también debe reconocer la conveniencia ocasional de información voluntariado al servicio de libertad condicional especialmente en un

Daniel Storm

distrito donde la oficina de libertad condicional está sobrecargada. Hacerlo puede ser la mejor manera para garantizar que hechos importantes acerca del demandado para su atención. Además, el fiscal debe ser particularmente atentos a la necesidad de voluntarios información relevante para el servicio de libertad condicional en casos complejos, ya que no puede esperarse que de probación obtendrá un completo entendimiento de los hechos de los casos simplemente cuestionando al fiscal o examinar sus archivos.

La información relevante puede ser comunicada por vía oral, o por disposición porciones del archivo del caso al oficial de libertad condicional o mediante la presentación de un memorando de sentencia u otra presentación escrita para su inclusión en el informe antes. Cualquier método que utiliza, sin embargo, el fiscal que el gobierno debe tener en cuenta que desde el informe aparecerá a los acusados y abogados de la defensa, debe tenerse cuidado para evitar revelaciones que podrían ser perjudiciales para los intereses de aplicación de la ley.

Revisión del informe antes de. Antes de la sentencia de la audiencia, el fiscal debe revisar siempre el informe previa, que se prepara en virtud del artículo 32, Federal Rules of Criminal Procedure. No sólo debe el fiscal satisfecho que el informe es preciso en los hechos, él o ella también debe prestar atención a la determinación inicial del nivel base ofensiva. Además, el fiscal también debe considerar todos los ajustes se refleja en el informe, así como recomendaciones para la salida de la oficina de libertad condicional. Estos ajustes y posibles salidas pueden tener un profundo efecto en la sentencia del acusado. Como defensores de los Estados Unidos, deben estar preparados para discutir acerca de esos ajustes fiscales (y, si es necesario, salidas permitieron por las normas) con el fin de llegar a un resultado final que adecuadamente y con precisión describe la conducta del acusado del delito, antecedentes penales y otros factores relacionados con la sentencia.

Presentación objetiva a la corte. Además de asistir al servicio de libertad condicional con la investigación previa, el fiscal para el gobierno puede ser necesario en algunos casos para hacer una presentación de hechos directamente a la corte. Una presentación tan está autorizada por la norma 32(c), Federal Rules of Criminal Procedure, que exige al tribunal que "pagar abogado para el acusado y el gobierno la oportunidad de comentar sobre las determinaciones de los oficiales de libertad condicional y sobre otras cuestiones relativas a la sanción correspondiente."

Puede surgir la necesidad de abordar la corte sobre los hechos pertinentes con la sentencia en cuatro situaciones: (a) cuando se impone la sentencia sin una previa investigación y un informe; (b) cuando sea necesario para corregir o complementar el informe redactará; (c) cuando sea necesario a la luz de la presentación de defensa ante el Tribunal; y (d) solicitada por el tribunal.

Mobiliario información en ausencia de informe previa. Regla 32(b), Federal Rules of Criminal Procedure, autoriza la imposición de pena sin una previa investigación y un informe, si la corte encuentra que el registro contiene información suficiente para permitir el ejercicio significativo de autoridad bajo 18 U.S.C. § 3553 sentencia. Imposición de la pena en virtud de esta disposición ocurre generalmente cuando el acusado ha sido declarado culpable por el Tribunal después de un juicio sin jurado, cuando el caso es relativamente simple y directa, cuando el acusado haya adoptado la postura y ha sido interrogado y es intención de la corte de no imponer una pena de prisión. En tales casos y cualquier otros en qué frase es para imponerse sin el beneficio de una previa investigación y un informe (por ejemplo, cuando recientemente ha preparado un informe sobre el acusado en relación con otro caso), puede ser particularmente importante que el fiscal para el gobierno no aprovecha la oportunidad ofrecida por *regla 32(c), Federal Rules of Criminal Procedure* , para dirigirse a la corte, puesto que no habrá ninguna oportunidad más adelante para corregir o completar el registro. Por otra parte, incluso si el Consejo de gobierno está satisfecho que todos los hechos relevantes para la sentencia ya ante el Tribunal, deseen realizar una presentación fáctica para que conste que deja en claro la opinión del gobierno de la acusada, la ofensa o ambos.

Corregir o suplir informe previa. El fiscal que el gobierno debe traer los significativas imprecisiones u omisiones a la atención del Tribunal en la audiencia de sentencia, junto con la información correcta o completa.

Respondiendo a las afirmaciones de la defensa. Después de haber leído el informe previa antes de la audiencia de sentencia el acusado o su abogado puede disputar específicas hechas declaraciones en el mismo. Lo más probable sin desafiando directamente la exactitud del informe, la presentación de la defensa en la audiencia puede omitir la referencia a la información despectiva en el informe y destacando cualquier información favorable empates inferencias todos beneficiosos para el acusado. Cierto grado de selectividad en la presentación de defensa probablemente es de esperarse y serán reconocidos por el tribunal. Puede haber casos, sin embargo, en la cual la presentación de la defensa, si no impugnadas, dejará la corte con una vista del acusado o de la ofensa significativamente diferente del que figura en el informe antes. Si esto parece ser una posibilidad, el abogado del gobierno puede responder por corrección de errores de hecho en la presentación de la defensa, señalando hechos y deducciones, igno rojo por la defensa y generalmente reforzar la visión objetiva de la acusada y su ofensa expresada en el informe antes.

Respondiendo a las solicitudes del Tribunal. Puede haber ocasiones cuando el Tribunal solicitará información específica del Consejo de gobierno en la audiencia de sentencia (en contraposición a generalmente preguntando si el gobierno desea ser escuchado). Cuando esto ocurre, el fiscal para el gobierno debe, por supuesto, proporcionar la información solicitada si está fácilmente disponible y perjuicio de los intereses de aplicación de la ley no es probable que el resultado de su divulgación.

Comprobación de hechos disputados. Además de proporcionar al Tribunal con material de hechos relevante en la audiencia de sentencia cuando sea necesario, el fiscal que el gobierno debe estar preparado para fundamentar denuncias hechas significativas impugnadas por la defensa. Esto puede hacerse poniendo la fuente de la información disponible para el examen o si hay buena causa para no divulgar su identidad, presentando la información como rumores y otras garantías de su fiabilidad, como corroborando testimonio por otros. Ver Estados Unidos v. Fatico, 579 F.2d 707, 713 (2d Cir. 1978).

9-27.730
Condiciones para formular recomendaciones de sentencia

El fiscal que el gobierno debe hacer una recomendación con respecto a la sentencia que impuso cuando:

Los términos de un acuerdo de culpabilidad así lo requieran El interés público garantiza una expresión de la opinión del gobierno sobre la sanción correspondiente.

Comentario. USAM 9-27.730 describe dos situaciones en las que un abogado para que el gobierno debe hacer una recomendación con respecto a la sentencia que se impondrá: cuando lo requieren los términos de un acuerdo de culpabilidad, y cuando el interés público garantiza una expresión de la opinión del gobierno sobre la sanción correspondiente. La frase "hacer una recomendación con respecto a la sentencia que se impondrá" se destina a cubrir recomendaciones tácitas (es decir, de acuerdo a la petición del acusado o no oponerse a la petición del acusado), así como recomendaciones explícitas para un tipo específico de oración (por ejemplo, libertad condicional o una multa), para una condición específica de libertad condicional, una multa específica o un término específico del encarcelamiento; y para las oraciones consecutivas o concurrentes.

El fiscal que el gobierno debe guiarse por las circunstancias del caso y los deseos de la corte sobre la manera y forma en la cual se realizan recomendaciones de sentencia. Si está relacionada con la posición del gobierno respecto a la sentencia que se impondrá a un acuerdo con el acusado, que posición debe hacerse conocido al Tribunal en el momento que se introduce el alegato. En otras situaciones, la posición del gobierno podría ser transportada al oficial de libertad condicional, oralmente o por escrito, durante la investigación previa; a la corte en forma de un memorando de sentencia presentada antes de la audiencia de sentencia; o ante el Tribunal oral en el momento de la audiencia.

Recomendaciones requeridas por el acuerdo de culpabilidad. 11(e)(1) Ule, Federal Rules of Criminal Procedure, autorizando a las negociaciones de la declaración, implícitamente permite al fiscal, en virtud de un acuerdo de culpabilidad, para formular una recomendación de sentencia, de acuerdo no se oponen a petición del acusado para una oración específica, o de acuerdo que una sentencia específica es la disposición adecuada del caso. Si el fiscal ha entrado en un acuerdo pidiendo al gobierno que adopte una posición determinada con respecto a la sentencia que se impondrá y la acusada ha entrado en una declaración de culpabilidad conforme a los términos del acuerdo, el fiscal debe realizar su parte del trato o de riesgo teniendo el acuerdo invalidado. *Machibroda v. United States*, 368 U.S. 487, 493 (1962); *Santobello v. United States*, 404 U.S. 257, 262 (1971).

Recomendaciones que reflejan la cooperación del acusado. Sección 5K1.1 de las pautas de sentencia proporciona que, sobre la marcha por el gobierno, un tribunal puede salen por debajo de las pautas para reflejar la cooperación del acusado. Título 18 U.S.C. § 3553(e) permite al Tribunal imponer una sentencia por debajo de una sentencia mínima legal aplicable lo contrario al movimiento del gobierno basado en la cooperación del acusado en la investigación o el enjuiciamiento de otra. La Corte Suprema sostuvo en Melendez v. Estados Unidos, 116 S.Ct. 2057 (1996) que un tribunal de distrito no puede reducir una condena por debajo del mínimo obligatorio legal basado en una moción en virtud del 5K1.1 a menos que el gobierno buscó específicamente una reducción en el mínimo obligatorio. Vea también la Fed. R. crim P. regla indemnizables.

Recomendaciones garantizadas por el interés público. De vez en cuando, pueden surgir casos inusuales en los que el interés público garantiza una expresión de la opinión del gobierno sobre la sanción correspondiente, independientemente de la ausencia de un acuerdo de culpabilidad. En tales casos, el tribunal puede invitar o solicitar una recomendación por parte de la fiscalía, mientras que en otros el tribunal puede no querer una recomendación de sentencia del gobierno. En todo caso, si el interés público exige una expresión de la opinión del gobierno sobre la sanción correspondiente en un caso particular es un asunto que se determinarán con cuidado, preferentemente después de la consulta entre el fiscal del caso y su supervisor, el fiscal de Estados Unidos o un supervisor asistente del fiscal de Estados Unidos, o el Fiscal General Adjunto responsable o su designado.

El fiscal debe tener en cuenta la actitud de la corte hacia las recomendaciones de la sentencia por parte del gobierno y debe sopesar la conveniencia de mantener una separación clara de las responsabilidades fiscales y judiciales contra las probables consecuencias de no hacer ninguna recomendación. Si el fiscal tiene buenas razones para anticipar la imposición de una sanción que sería injusta para el acusado o insuficiente en términos de necesidades de la sociedad, puede concluir que sería de interés público para tratar de evitar un desenlace ofreciendo una recomendación de sentencia. Por ejemplo, si el caso es uno en el que las pautas de sentencia permite pero no requieren la imposición de una pena de prisión, la imposición de una pena de prisión sería claramente inapropiada, y el Tribunal ha solicitado la opinión del gobierno, el fiscal no debe dudar en recomendar o acordar a la imposición de la libertad condicional. Por otro lado, si el fiscal del gobierno responsable ser lieves que claramente está garantizado un término de encarcelamiento y que, bajo todas las circunstancias, el interés público se serviría al hacer una recomendación en ese sentido, debe hacer tal recomendación aunque la corte no ha invitado. Reconociendo, sin embargo, que la responsabilidad primordial de la sentencia recae en el poder judicial, abogados del gobierno deben evitar sistemáticamente tomar posiciones con respecto a la sentencia, reservando sus recomendaciones en su lugar para esos casos inusuales en los que el interés público garantiza una expresión de la opinión del gobierno.

En relación con las recomendaciones de la sentencia, el fiscal debe también tener en cuenta el valor potencial en algunos casos la imposición de condiciones innovadoras de libertad condicional si es consistente con las directrices de la sentencia. Por ejemplo, en un caso en que una recomendación de sentencia sería apropiada y que se puede prever que se impondrá una pena de libertad condicional, el fiscal de gobierno responsable puede concluir que sería adecuado recomendar, como una condición específica de la libertad condicional, que el acusado participar en actividades de servicio comunitario, o que desista de participar en un tipo particular de negocio.

9-27.740
Consideración a ser pesado en determinar la sentencia recomendaciones

Consideración a pesar de la determinación de sentencia

Si el fiscal hace una recomendación en cuanto a la condena a imponerse dentro de la gama aplicable pauta determinada por el Tribunal, el fiscal debe considerar diversos efectos de la sentencia, como se indica a continuación.

Si el fiscal hace una recomendación en cuanto a una sentencia para imponerse después de que el tribunal concede una moción para la partida hacia abajo bajo sentencia pauta 5K1.1, el fiscal debe considerar también la puntualidad de la cooperación, los resultados de la cooperación y la naturaleza y el alcance de la cooperación en comparación con otros acusados en los casos iguales o similares en ese distrito.

Comentario. Se promulgó la ley de reforma de sentencias para eliminar la disparidad injustificada de la sentencia. Tanto discreción judicial y el alcance de las recomendaciones de la fiscalías han limitado, en aquellos casos en que no hay salida se realiza de la gama pauta aplicable. El fiscal, sin embargo, todavía tiene un papel importante que desempeñar en hacer las recomendaciones pertinentes en casos que involucren o una frase dentro de la gama aplicable o una salida. Al formular una recomendación de sentencia, el fiscal debe tener en cuenta que, al ofrecer una recomendación, comparte con el Tribunal la responsabilidad de evitar la condena injustificada las disparidades entre los acusados con antecedentes similares que se han encontrado culpables de conducta similar.

Para propósitos de sentencia aplicable. El fiscal que el gobierno debería considerar la gravedad de la conducta del acusado, sus antecedentes y circunstancias personales, a la luz de los cuatro propósitos u objetivos de la imposición de sanciones penales:

Para impedir que el acusado y otros cometer delito;

Para proteger al público de otros delitos por el acusado;
Para asegurar el justo castigo por la conducta del acusado; y

Promover la corrección y rehabilitación del acusado.

El fiscal que el gobierno debe reconocer que no todos estos objetivos pueden ser pertinentes en cada caso y que, por un particular delito cometido por un delincuente en particular, uno de los propósitos, o una combinación de efectos, puede ser de importancia de sobreescritura. Por ejemplo, en el caso de un joven delincuente primero que comete un delito menor, no violenta, el propósito principal o único de la sentencia podría ser rehabilitación. Por otro lado, el principal propósito de condenar a un delincuente violento podría ser proteger al público, y el autor de un fraude masivo podría ser sentenciado principalmente para disuadir a otros de participar en conducta similar.

9-27.745
Condena injustificada llegadas por el Tribunal

Si la corte está considerando una partida por una razón no permitida por las normas, el fiscal debe resistir.

Comentario. El fiscal, con la aprobación de departamental, puede apelar una sentencia que es ilegal o en violación de las directrices de la sentencia. 18 U.S.C. § 3742(b). Si esa sentencia se impone, la sección de Apelaciones de la División Criminal debe notificarse inmediatamente así que se puede considerar una apelación.

9-27.750

Revelar Material Factual a defensa

El fiscal que el gobierno debe revelar al abogado defensor, bastante antes de la sentencia de la audiencia, cualquier material factual no se refleja en el informe de la investigación previa que pretende llamar la atención de la corte.

Comentario. Debido proceso requiere que la sentencia en un caso penal basarse en información precisa. Véase, por ejemplo, Moore v. Estados Unidos, 571 F.2d 179, 182-84 (3d CIR. 1978). En consecuencia, la defensa debe tener acceso dependerse del mismo material a todos por el juez de sentencia, incluyendo memorandos de la Fiscalía (en la medida que permiten a las consideraciones de seguridad informante), así como tiempo suficiente para revisar ese material y la oportunidad de presentar cualquier refutación que puede reunir. Véase, por ejemplo, Estados Unidos v. Perri, 513 F.2d 572, 575 (9th CIR. 1975); Estados Unidos v. Rosner, 485 F.2d 1213, 1229-30 (2d Cir. 1973), CERT denegada, 417 US 950 (1974); Estados Unidos v. Robin, 545 F.2d 775 (2d Cir. 1976). USAM 9-27.750 pretende facilitar la satisfacción de estas necesidades proporcionando al acusado con el aviso de información no contenida en el informe antes de que el gobierno tiene planes de traer a la atención del Tribunal de sentencia.

9-27.760

Limitación en la identificación de terceras partes descargadas públicamente

En todas las presentaciones públicas y procedimientos legales, fiscales federales deben seguir siendo sensibles a los intereses de privacidad y la reputación de terceros sin cargar. En el contexto de declaración pública y procedimientos de la sentencia, esto significa que, en ausencia de alguna justificación significativa, no es apropiado identificar (ya sea por nombre o descripción innecesariamente específicos), o causar un acusado identificar, un malhechor de terceros a menos que ese partido ha sido acusado oficialmente de la conducta en cuestión. En el caso inusual donde se justifica la identificación de un malhechor terceras partes descargada durante una súplica o una audiencia de sentencia, debe obtenerse la aprobación expresa de la Fiscalía de Estados Unidos o su designado antes de la audiencia ausente circunstancias apremiantes. Ver USAM 9-16.500. En otros contextos menos previsibles, los fiscales federales deben esforzarse para evitar innecesarias referencias públicas al fechorías por terceros sin cargar. Con respecto a cuentas de los detalles que identifican co-conspiradores intachables, los fiscales generalmente deben buscar dejar de presentar tales documentos bajo sello. Los fiscales deberán cumplir, sin embargo, cualquier orden judicial dirigiendo la presentación pública de un proyecto de ley de detalles.

Como una serie de casos, normalmente no hay "ningún interés gubernamental legítimo servido" por denuncia pública del gobierno de la fechoría por un partido sin cargos, y esto es cierto "[r] ualquiera de qué cargos penales puede... b [e] contemplada por el asistente del fiscal de Estados Unidos contra el [tercero] para el futuro". En Smith, 656 F.2d 1101, 1106-07 (5th Cir. 1981). Los tribunales han aplicado este razonamiento para impedir la identificación pública de malhechores intachables terceros en audiencias de súplica, memorandos de sentencia y otros escritos del gobierno. Ver Finn v. Schiller, 72 F.3d 1182 (4th CIR. 1996); Estados Unidos v. Briggs, 513 F.2d 794 (5th Cir. 1975); Estados Unidos. v Anderson, Supp.2D 55 1163 (D. Kan 1999); Estados Unidos v. Smith, 992 F. Supp 743 (D.N.J. 1998); Véase también USAM 9-11.130.

Excepto en el caso inusual, cualquier interés gubernamental legítimo al referirse a los malhechores sin cargos de terceros pueden avanzarse a través de medios distintos a los condenados en este tipo de casos. Por ejemplo, en aquellos casos donde el a que el acusado se declara culpable de delito requiere como elemento que terceros tienen un estatuto particular (por ejemplo, 18 U.S.C. § 203(a)(2)), el tercero puede generalmente ser referido genéricamente ("un miembro del Congreso"), más específicamente identificados ("senador Jones"), en audiencia de declaración del acusado. Del mismo modo, cuando el acusado se dedicaban a conducta criminal conjunta con los demás, referencias genéricas ("otra persona") a los malhechores sin cargos de terceros pueden utilizarse cuando se describe la base fáctica de la culpabilidad del acusado.

[nueva agosto de 2002]

8-0

Para asuntos relacionados con impuestos, colecciones, negociaciones y acuerdos de súplica, véase el apéndice "B" para la política de servicio de ingresos internos completa.

Anexo "B"

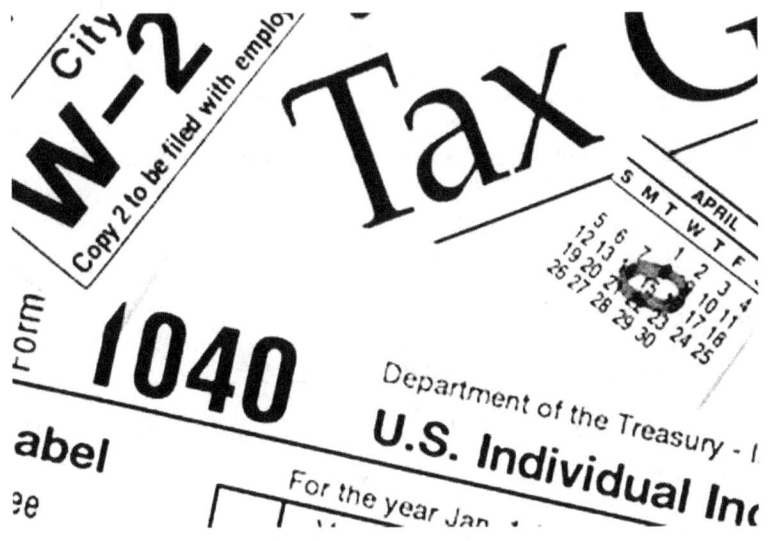

ASUNTOS RELACIONADOS CON LOS IMPUESTOS Y ACUERDOS DE LA DECLARACIÓN

Capítulo 6. Las actividades relacionadas
con juicio y corte

Sección 2. Acuerdos de súplica y proceso de sentencia

9.6.2 súplica acuerdos y sentencias proceso

- 9.6.2.1 Resumen
- 9.6.2.2 Proponen acuerdo acuerdo situaciones
- 9.6.2.3 Concurrencia o no concurrencia de agente especial a cargo en relación con informes de la Fiscalía
- 9.6.2.4 Restitución en los acuerdos de la declaración
- 9.6.2.5 Proceso de sentencia

9.6.2.1   **(21/07/2004)**

Resumen

1. Esta sección ofrece directrices y procedimientos para el procesamiento de casos referidos en situaciones de declaración propuesto acuerdo. Estos procedimientos están diseñados para ayudar a un contribuyente actualmente bajo investigación, que está representado por un abogado, para negociar un acuerdo de culpabilidad.

2. El proceso de sentencia sigue después de las señales de un acusado a un acuerdo, declara culpable o culpable como resultado de un juicio.

3. La sección también proporciona orientación a la agente especial para la comunicación con los oficiales de libertad condicional.

4. Esta sección contiene los siguientes temas:

   A. Súplica propuesto acuerdo situaciones

   B. Concurrencia o no concurrencia de agente especial a cargo en relación con informes de la Fiscalía

   C. El proceso de sentencia

9.6.2.2 (21/07/2004)

Súplica propuesto acuerdo situaciones

1. Un contribuyente puede entrar en un acuerdo con el gobierno en cualquier etapa de la investigación. Investigación criminal (CI) no tiene autoridad para iniciar las negociaciones de acuerdo con el contribuyente porque esta autoridad descansa únicamente con el Departamento de Justicia (DOJ). Un contribuyente debe ser representado por un abogado para iniciar las discusiones de súplica o negociaciones.

Nota:

Si un contribuyente que no está representado por un abogado expresa su interés en las discusiones de negociación súplica, asesorar a los contribuyentes que para poder participar, él/ella debe ser representado por un abogado.

9.6.2.2.1 (21/07/2004)

Investigaciones administrativas

1. En una investigación administrativa que implica ingresos legales, cuando un contribuyente, a través de abogado, expresa el deseo de participar en el programa acelerado súplica, informar a los contribuyentes y su abogado que la disposición a entablar

185

negociaciones de acuerdo con el Departamento de justicia de ninguna manera reduce impuestos civiles definitiva del contribuyente.

9.6.2.2.1.1 (21/07/2004)

Investigaciones procesadas bajo los procedimientos del programa declaración acelerada (impuesto división Directiva 111)

1. Estas investigaciones no requieren el mismo grado de preparación como las investigaciones del fiscal administrativo normal ya que no se irán a juicio.

2. Las investigaciones que requieren que se obtengan pruebas suficientes para constituir un asunto referibles a los requisitos de las normas federales de penal procedimiento regla 11 (b (Fed. R. crim P. 11 (b)(3)) y los cargos establecidos por la investigación adecuadamente abordaría los delitos cometidos por el contribuyente.

3. El IRS tomará precauciones para asegurarse de que no se prohibirá información fue proporcionada por el contribuyente, antes de las discusiones súplica formal con el Departamento de justicia, de uso en el futuro bajo las restricciones de la Fed. R. Crim. P. 11(f) en el caso que súplica negociaciones fracasan por retirada o rechazo por el Departamento de justicia.

4. El procedimiento de declaración acelerada programa está diseñado para dar cabida a los intereses de los contribuyentes que desean una rápida resolución de la investigación y procesamiento, así como el interés del gobierno en la obtención de una resolución adecuada con un gasto adecuado de los recursos de investigación y enjuiciamiento.

5. Contribuyentes solicitando el uso del procedimiento acelerado súplica programa deberán cooperar con el IRS en la determinación y satisfacción de sus obligaciones fiscales civiles, así como los aspectos penales. En el caso de la investigación criminal es completada por el uso de estos procedimientos sin establecer las deficiencias civiles apropiadas, la división operación apropiada de la IRS completará la investigación civil.

6. Para que un acuerdo aceptable bajo el programa de declaración acelerada, debe:

    A. implicar ingresos legales

    B. establecer la culpabilidad por las violaciones cargado

    C. incluyen la violación más significativa

    D. considerar la totalidad de los fraudes cometidos por el contribuyente

    E. no reducir impuestos delitos a delitos menores

Nota:

Las investigaciones en las que el contribuyente no parecen dispuesto a entrar en un acuerdo aceptable, o donde la investigación no ha establecido el alcance general de culpabilidad del contribuyente, no son apropiadas para su inclusión en este programa.

9.6.2.2.1.2   **(11/08/2008)**

Procedimientos antes de la remisión previa Penal Tributario abogado asistencia

1. Cuando un contribuyente, representado por un abogado, expresa el deseo de negociar un acuerdo antes de la terminación formal de una investigación administrativa, el agente especial aconsejará a defensor del contribuyente de los siguientes:

A. Autoridad para participar en las negociaciones del acuerdo recae exclusivamente en DOJ.

B. Consejos para el contribuyente deben proporcionar una declaración por escrito a CI confirmando la voluntad del contribuyente a entablar inmediatamente negociaciones de acuerdo con el Departamento de justicia. El IRS hará una recomendación al Departamento de justicia enviando la propuesta escrita para entrar en una declaración de culpabilidad a los cargos que están investigados. Si es aprobado por el Departamento de justicia, División de impuestos, se referirán a la correspondiente oficina del fiscal para las negociaciones de la declaración.

C. El contribuyente debe ser informado que él/ella deberá alegar la violación más significativos involucrados, consistente con la política de la división de impuestos mayor cuenta.

D. Las negociaciones de la declaración tienen que ser llevado a cabo por cualquiera la respectiva oficina del fiscal o por el Departamento de justicia, División de impuestos.

E. El contribuyente debe someterse a una entrevista realizada por el agente especial y cualquier cosa o cualquier información proporcionada se puede utilizar contra el contribuyente en un enjuiciamiento penal, así como en cualquier establecimiento civil.

F. El contribuyente debe proporcionar todos los registros o información en su posesión o para que el contribuyente ha tener acceso, al IRS durante los años involucrados.

G. Los cargos están investigados y cualquier propuesta de entrar en negociaciones de la declaración pueden ser referidos al Departamento de justicia, División de impuestos sólo después de que CI es capaz de corroborar los elementos del delito investigado o los ingresos realizados por el contribuyente (por ejemplo, ingresos brutos en una §7203 investigación o documentación relativa a un asunto material no declarado en una investigación §7206 (1)etc..). Investigación criminal debe tener pruebas suficientes para constituir un asunto referibles al Departamento de justicia.

2. El agente especial investigadora debe revisar todos los registros con suficiente detalle para asegurar que no existen problemas importantes por descubrir o pérdidas fiscales en las investigaciones que no han sido tomadas en cuenta para evaluar los méritos de la derivación al Departamento de justicia, División de impuestos.

3. El agente especial debe garantizar y revisar las declaraciones del contribuyente para los años posteriores a los años investigando y cualquier abiertos años anteriores para abordar cualquier cuestión planteada por esos retornos en la evaluación de los méritos de la derivación.

4. El agente especial debe investigar y obtener los detalles, si procede, en cuanto a cualquier otro Estado Federal (abierto o cerrado), o investigaciones locales relacionadas con el contribuyente.

9.6.2.2.1.3   **(11/08/2008)**

Asistencia previa recomendación del Consejo Fiscal Penal

1. Si CI determina que una referencia para las negociaciones del acuerdo sería en el mejor interés del gobierno, abogado Penal Tributario (CT) será contactado para asistencia de remisión previa sobre las cuestiones de si:

   A. Las pruebas actualmente disponibles son suficiente para satisfacer los requisitos de la Fed. R. 11(b)(3) P. Crim, específicamente que existe una base fáctica para apoyar la declaración de culpabilidad a cada una de las cuentas consideradas de referencia.

   B. Los cargos establecidos por la investigación adecuada dirección los delitos cometidos por el contribuyente.

2. A opción del agente especial en carga (SAC), si CT abogado coincide con CI que se debe hacer una remisión, CT asesor contactará a defensor del contribuyente oralmente o por escrito a cumplir con los siguientes:

   A. Confirman que el contribuyente quiere entablar negociaciones de acuerdo con el Departamento de justicia.

   B. Recordar a los contribuyentes y su abogado los cargos siendo investigado y que el gobierno sólo considerará una súplica que aborda adecuadamente esos cargos específicos, es decir, el gobierno generalmente estará buscando una declaración de culpabilidad a uno o más de las cargas especificadas.

   C. Confirmar que el contribuyente está dispuesto a ser entrevistado por el agente especial y que el contribuyente presentará todos los registros o información en su posesión o que tiene acceso al IRS para los años fiscales involucrados.

3. Si defensor del contribuyente quiere proceder con las negociaciones, el SAC o CT abogado solicitará defensor del contribuyente proporcione una declaración escrita que confirma deseo entablar inmediatamente negociaciones de acuerdo con el fiscal o el Departamento de justicia, División de impuestos del contribuyente.

9.6.2.2.2 (21/07/2004)

Investigaciones de jurado

1. NOS del abogado de la oficina o departamento de justicia se encargará de negociar cualquier acuerdo durante una investigación de gran jurado. Si una declaración implica violaciones fiscales, debe obtenerse autorización del Departamento de justicia, División de impuestos.

2. El contribuyente y su abogado le informará que la disposición a entablar negociaciones de acuerdo con el Departamento de justicia de ninguna manera reduce impuestos civiles definitiva del contribuyente.

3. El contribuyente debe ser informado que él/ella deberá alegar la violación más significativos involucrados, consistente con la política de la división de impuestos mayor cuenta.

9.6.2.2.3 (11/08/2008)

Informe de recomendación de enjuiciamiento

1. Después de la declaración escrita se proporciona y se considera suficiente legalmente por el abogado de CT, el agente especial

remitirá un informe de recomendación fiscal modificado que contenga la siguiente información:

A. La página de título del informe Fiscalía recomendación indicará que este asunto implica un acuerdo propuesto y es una referencia limitada al Departamento de justicia únicamente con fines de negociación y si es posible, finalizando una súplica.

B. Identificación del contribuyente, historia personal y una historia de negocios o actividades generadoras de ingresos.

C. Expone la naturaleza de la actividad fraudulenta del contribuyente y las pruebas, incluyendo disponible, para apoyar la aceptación de una súplica a los cargos bajo investigación.

D. Cualquier indicación de crímenes no tributarios (Federal, estatal o local) para el cual el contribuyente puede ser o ha sido objeto de investigación.

E. Una recomendación para el procesamiento.

F. Documentación que el contribuyente o el representante ha proporcionado todos los registros disponibles para todos los años participan en la investigación para que quede claro que no hay significativas sin descubrir problemas en la investigación que no se han tomado en cuenta al evaluar los méritos de la investigación. Esta documentación debe incluir toda conducta relevante, que es necesario para su presentación a la corte para efectos de la sentencia.

G. Una descripción de la naturaleza y extensión de los registros suministrados y las conclusiones específicas por el agente especial o agente fiscal que les revisaron.

H. Documentación de entrevistas con el contribuyente que reflejan una revisión exhaustiva de los problemas de la investigación. (El contribuyente debe presentar a interview(s)).

I. Una discusión completa y profunda de la naturaleza y el alcance de la cooperación del contribuyente.

J. Un resumen y evaluación de las declaraciones del contribuyente para todos años bajo investigación y con posterioridad a los años bajo investigación, abordar los problemas planteados por los devuelve en la evaluación de los méritos de la investigación. Este resumen, siempre que sea práctico, incluirá un cómputo que refleja las consecuencias fiscales de las acciones de los contribuyentes.

K. Una discusión sobre el rango potencial de oraciones que el contribuyente puede recibir basada en la evidencia disponible para el uso bajo las pautas de sentencia.

2. Abogado penal tributaria revisará el informe de recomendación de enjuiciamiento para suficiencia jurídica en virtud de las presentes directrices. Abogado penal tributario preparará un Memo de evaluación Criminal (CEM) para el saco, el cual refleja CT Consejo de evaluación de los méritos de la persecución penal. Contenida en el CEM será una sección observando CT de

concurrencia o nonconcurrence con la recomendación de la fiscalía.

3. Si se determina que la fiscalía está garantizado, el SAC referirá la investigación al Departamento de justicia, División de impuestos, recomendando el enjuiciamiento y la iniciación de negociaciones de la Declaración conforme a la solicitud por escrito del Defensor del contribuyente.

    A. Una copia del informe Fiscalía recomendación con los objetos expuestos se reenviarán al Subprocurador General, División de impuestos, sección penal, DOJ, 950 Pennsylvania Avenue, NW, Room 4744, Washington, DC 20530–0001, Attn: sección de la aplicación principal, (sur, norte u occidental). (Enviar a la atención del jefe de sección de la aplicación correspondiente).

    B. El SAC será por teléfono al abogado de enlace DOJ para afirmar que tal informe se somete a su oficina. El fiscal del Departamento de justicia se pondrá en contacto con el SAC por teléfono al acusar recibo del informe.

4. El Departamento de justicia, División de impuestos tiene 30 días después del recibo de la remisión del saco para autorizar el enjuiciamiento consistente con el acuerdo propuesto, o desaprobar la negociación de esa alegación.

    A. Si el Departamento de justicia, División de impuestos se opone a continuar con las discusiones de súplica, o las pruebas presentadas es insuficiente para cumplir con los requisitos de impuestos división Directiva III y la Fed. R. Crim. P. 11(f), Departamento de justicia, la división de impuestos le notificará inmediatamente la SAC. Para las investigaciones administrativas, Departamento de justicia, División de impuestos le notificará entonces Defensor del contribuyente en la escritura que la investigación es ser devueltos al IRS y todas las exhibiciones y los archivos serán devueltos al IRS.

B. Si DOJ, División de impuestos autoriza el enjuiciamiento, se referirá a todos los documentos a la correspondiente oficina del fiscal, quien entonces podrá emprender negociaciones de acuerdo con el contribuyente y su abogado. La oficina del fiscal puede aceptar una súplica a la cuenta principal especificada sin más autorización del Departamento de justicia, División de impuestos. Si la oficina del fiscal desea aceptar una petición a cualquier cuenta aparte de la cuenta principal especificada, es necesaria la aprobación del Departamento de justicia, División de impuestos.

5. Ninguna información o pruebas presentadas a la fiscal por el contribuyente o asesor durante el curso de las negociaciones del acuerdo se remitirá al IRS a menos que expresamente autorizan uso el IRS de dicha información. En estas situaciones, debe obtenerse una renuncia por escrito de las restricciones 11(f) regla.

6. A su regreso de una investigación, el IRS, después de considerar todos los hechos relevantes, determinará si continuar con la investigación.

9.6.2.2.4   **(11/08/2008)**

Súplicas que implican título 18 incautaciones y decomisos

1. El acuerdo debe incluir una violación de una de las siguientes ofensas cargadas en la acusación o la información criminal para asegurar la forfeitability de la propiedad:

   A. 18 USC §1956

   B. 18 USC §1957

   C. 18 USC §1960

   D. 31 USC §5317(c)(2)

   E. 31 USC §5313(a)

   F. 31 USC §5324(a)

2. Requisitos adicionales en los acuerdos de la declaración figuran en la Directiva del Departamento de tesorería Ejecutiva oficina de activos confiscación (TEOAF) 17.

9.6.2.3   **(11/08/2008)**

Concurrencia o no concurrencia de agente especial a cargo en relación con informes de la Fiscalía

1. El SAC se apruebe el informe de recomendación de enjuiciamiento y hacer la referencia correspondiente.

2. Si el saco no aprueba la recomendación de la agente especial, la SAC preparará un memorando documentar o explicando los motivos para no aprobar el informe de recomendación de enjuiciamiento. El informe de recomendación de memorando y el enjuiciamiento será devuelto a la agente especial supervisor originarios (SSA).

3. De investigaciones sensibles (aquellos que impliquen alguna de las siguientes: un sirviendo actualmente elegido Federal oficial, sirviendo actualmente juez artículo III; un actualmente sirviendo alto funcionario de la rama ejecutiva; un actualmente sirviendo

estatal electo; un sirviendo actualmente miembro del más alto tribunal del estado, un alcalde actualmente sirviendo a una población de 250.000 o más; perjurio en el Tribunal Fiscal nos; y una organización exenta), el SAC enviará el informe de recomendación de acusación a la Directora de operaciones de campo con un memorando breve cubierta pidiendo la concurrencia del Director, operaciones de campo. La investigación no puede ser referida hasta el consentimiento escrito del Director, operaciones de campo se obtiene. Ver IRM 9.4.1, General, primaria e investigaciones del tema, subsección 9.4.1.6.3 de investigaciones sensibles.

9.6.2.4 (11/08/2008)

Restitución en los acuerdos de la declaración

1. Restitución a menudo se ordena en casos penales tributarias en virtud de un acuerdo de culpabilidad y también puede requerir como condición de libertad condicional. Incluyendo restitución como parte del acuerdo de súplica es un método eficaz para el asistente del fiscal de Estados Unidos facilitar la resolución civil de un caso criminal y la inclusión de la cooperación del contribuyente en el establecimiento civil como parte de los acuerdo de culpabilidad. Ver LEM 9.14.2 para la corte ordenó la restitución por crímenes de reembolso.

9.6.2.5 (11/08/2008)

Proceso de sentencia

1. El objetivo final de cada proceso penal no sólo es obtener una condena, pero obteniendo una sentencia suficiente para desalentar las violaciones criminales similares por otros contribuyentes. Por

lo tanto, el agente especial debería dedicar la misma atención y energía en el proceso de sentencia en cuanto a la investigación y los procesos de juicios.

9.6.2.5.1 (11/08/2008)

Comunicación con los oficiales de libertad condicional

1. Cuando se obtiene una condena, el agente especial debe póngase en contacto con el oficial de libertad condicional nos encargado de elaborar el informe de pre-sentencia y proporcionará una copia del informe de recomendación de enjuiciamiento y cualquier otra información que puede hablar con conducta relevante en establece la magnitud total de la conducta del acusado.

2. Información de ser entregada al oficial de libertad condicional debe incluir, pero no está limitado a lo siguiente:

    A. Un recuento de los daños causados al gobierno o a otras víctimas.

    B. Una explicación de la aplicabilidad de cualquier factor de sentencia descritas en el Manual de lineamientos federales de sentencia.

    C. Cualquier indicación de cualquier conducta relevante que podrían ser útiles para el oficial de libertad condicional en la preparación del informe de pre-sentencia y la recomendación de sentencia.

Nota:

Conducta relevante incluye la conducta del acusado que está fuera de la falta de convicción, sino que es parte del patrón de conducta del iguales o similar como el count(s) de convicción. Las pautas de sentencia de Estados Unidos permiten una consideración de conducta sin cargar en el cálculo de la gama de sentencia apropiada. El estándar de prueba necesario utilizar conducta relevante para los propósitos de la sentencia es una preponderancia de la evidencia.

3. Convicta que fuere, el informe de recomendación de procesamiento puede divulgarse a un oficial de libertad condicional con el fin de preparar el informe contemplado por la Fed. R. crim P. 32(c). La divulgación del informe Fiscalía recomendación a los oficiales de libertad condicional está autorizada por 26 USC §6103(h)(4). Sin embargo, la información contenida en el informe no será divulgada si tal revelación podría identificar un informante confidencial o deteriorar seriamente una investigación fiscal civil o penal.

4. Ocasionalmente, probación solicitará información de impuestos del IRS como parte de una investigación de pre-sentencia en un asunto penal no tributarios. Puede ser revelada a los oficiales de libertad condicional en estas circunstancias en 26 USC §6103(c). Hacienda Reglamento §301.6103 (c) 1 proporciona el formato que debe seguirse en cualquier contribuyente autorización o exención que se envía con el fin de permitir que un oficial de libertad condicional recibir información sobre impuestos.

5. El agente especial que destacar, el oficial de libertad condicional y el asistente fiscal, la importancia que CI se acopla a la condena impuesta, y la importancia de incluir la restitución. Es vital para señalar el efecto que la sentencia y restitución pueden tener en los esfuerzos de cumplimiento de normas del IRS entre individuos del mismo modo situados.

6. A raíz de una condena por violaciones penales tributarias, en algunos casos los tribunales especifican la pena impuesta es condicionada a la solución satisfactoria o pago de responsabilidad civil por impuestos y multas y el pago satisfactorio de restitución. Ver IRM 9.5.14 relativa a las condiciones de la probatoria en materia fiscal civil.

7. El SAC tomará medidas son necesarias para iniciar acciones legales que correspondan en los casos donde el contribuyente ha incumplido con las condiciones de la sentencia. Título 26 USC §6103(h)(4) permite la divulgación de la información contenida en los archivos de cuenta delincuente contribuyente a un oficial de libertad condicional nos en un procedimiento judicial pertenecientes a la administración con el fin de informar a la corte de cualquier incumplimiento con los términos de la sentencia del contribuyente de impuestos.

9.6.2.5.2   **(11/08/2008)**

Costos de procesamiento

1. Título 26 establece explícitamente que, además de encarcelamiento y multas, acusados condenados por delitos tributarios "deberán" pagar "los costos de procesamiento". Los costos que los acusados están obligados a pagar están limitados a aquellas establecidas en el título 28 USC §1920. Ver IRM 9.6.4 relativa a los costos recuperables de procesamiento para obtener información adicional.

Epilog

La justicia federal es una compleja arena para incluso los profesionales experimentados. Este libro está diseñado para que la persona "promedio" comprender la complejidad de las negociaciones de la declaración, entrar en un acuerdo de culpabilidad y las sorpresas inesperadas en la sentencia.

La "bestia", conocida como "acto correspondiente", se esconde en cada contrato. Por ejemplo, si el acusado enfrenta a cien cuentas en una acusación y se declara culpable de "sólo" dos, que puede darle una sensación de alivio, en la sentencia, que el acusado se celebrará responsable de todas las cuentas en esa acusación. En otras palabras, si un acusado es procesado por cinco gramos de cocaína, pero en virtud de un acuerdo de culpabilidad se declaran culpables a cuatro gramos, en la sentencia, el acusado será responsables por las cinco onzas y frente a un mínimo obligatorio de cinco años en una prisión federal.

Si un acusado va a juicio y es absuelto de cargos en un acta de acusación, en la sentencia sobre la cuenta o cuentas que ellos fueron declarados culpables, enfrentarán la sentencia sobre la conducta absuelto, bajo los auspicios del monstruo "acto correspondiente".

Tener mucho cuidado en navegar en las aguas federales, o el diablo recibirá su alma.

Sobre el autor

Daniel Storm

Sr. Storm es nativo americano y atribuye a la herencia Blackfoot y formas. Creció en Illinois y Wisconsin, donde asistió a la Universidad de Wisconsin y en última instancia, estudió derecho. Después de la Universidad, participó en la defensa de algunas de las figuras de delito más notables de Estados Unidos, mientras que asociado con prestigiosos despachos.

Como autor de numerosas novelas de crimen/ficción, pasa horas creando historias que obligar a los lectores a dedicar toda su atención. Internacionalmente, está en el umbral de un éxito tremendo, a pesar de su control de retención de sus historias, la producción de sus libros y distribución.

Vive cerca de Milwaukee con su pastor alemán, Merlin. Disfruta viendo los sitios en Wisconsin en su Harley.

Como un veterano de Vietnam, tormenta trabaja dentro de la comunidad de Wisconsin para ayudar a los soldados y familias militares, tanto de quienes están en servicio activo y los veteranos y sus familias.

www.danielstormauthor.com

www.ingramcontent.com/pod-product-compliance
Lightning Source LLC
Chambersburg PA
CBHW070014260626
47159CB00005B/1801